TAKE
SHOBO

永遠のつがい

その孤高なα皇帝はΩ姫を溺愛する

すずね凜

Illustration

Ciel

contents

イラスト／Ciel

永遠のつがい
その孤高なα(アルファ)皇帝はΩ(オメガ)姫を溺愛する

序章

満月の夜だった。

今年二十六歳になる、ヴァルデマール皇国の若き皇帝ジークムント・レンホルムは、ひと気のない皇城の奥庭をそぞろ歩いていた。

初夏の匂いを含んだ爽やかな夜風が、ジークムントの頬を撫でていく。

二メートルはあろうかという長身に、軍人として鍛え上げられた肉体、彫りの深い端整な美貌だが、鋭い青灰色の目が雰囲気の甘さを抑えている。艶やかな銀髪をなびかせ、足音もなく歩く姿は、巷で渾名される「銀の狼皇帝」そのものだ。

だが、今のジークムントは深い憂い顔をしている。

今夜の「花嫁選びの儀」も、不成立に終わってしまった。

彼は失望を隠せないでいた。

この国には、皇帝家の血筋にだけ、特殊な遺伝が存在する。

彼らはオメガバースの血族で、ごく限られた一部の者にだけ、男性にアルファ、女性にオメガ、の特徴が現れる。アルファとオメガは、容姿能力共に一般の者より秀でており、アルファの男性はオメガの女性にしか欲情しない、逆もまた然(しか)りである。

アルファの男性には思春期になると手首に青い星のような痣(あざ)が出る。オメガの女性は年頃になると発情期(ヒート)を迎え、うなじに赤い三日月のような痣が出る。

皇帝は、アルファの皇太子から選ばれるのが習わしだ。

そのため、代々アルファの皇帝は、血縁のオメガの令嬢から妻を選んでいた。

ジークムントは、皇太子の中で唯一のアルファであった。

だが――彼は正式な妃(きさき)の子どもではない。

前皇帝は、たいそうな好色家だった。

正妃の他にも複数のオメガの側室を侍(はべ)らせ、さらに、これと目をつけたオメガの女性には片っ端から手を付けたのだ。

皇帝家と遠縁にあたる伯爵家の娘を、前皇帝は見初め、強引に愛人にした。

二人の間に生まれたのが、ジークムントだ。

庶子の出ゆえ、生まれてすぐに辺境の皇帝家の別荘に送られ、そこで育った。

本来ならば、年頃になったら寺院に入れられ、聖職者として一生を終えたはずだった。

だが、ジークムントが十歳の頃、首都にタチの悪い疫病が蔓延(まんえん)した。

不幸なことに、首都にある皇城に住まう前皇帝一家も罹患(りかん)してしまい、前皇帝夫妻、その子どもたちの皇太子、皇女、側室に到(いた)るまで、ことごとく死亡してしまう。

現皇帝家で生き残ったのは、辺境にいたジークムントただ一人だった。しかもその頃、ジークムントの右手首には、アルファの証である青い痣が浮かび上がっていた。

唯一のアルファの皇太子として、疫病騒ぎが収まるや否や、彼は首都に呼び戻された。

そして、否応もなく皇帝の座に就くことになってしまう。

アルファであるジークムントは、ひときわ優れた容貌と知性で、たちまち皇帝としての才覚を現した。

政事に対する的確で素早い判断、深い知識と洞察力。

それだけではなく、恵まれた体格を生かし、武術に秀で、騎馬隊の隊長を勤め上げるまでになる。

わずか数年で、いずれ不世出の名君になるだろうと、臣下たちはささやき合った。

治世が落ち着くと、周囲は今度は皇帝の結婚と後継ぎ問題を取り沙汰する。

ジークムントが適齢期になる二十歳過ぎ頃から、皇帝家の血族から選ばれたオメガの令嬢との「花嫁選びの儀」が、繰り返し執り行われた。

これは、オメガの女性がヒートしやすいと言われる満月の日に、オメガの令嬢たちが集められ、皇帝がその中から欲情を催した者を花嫁に選ぶという儀式だ。

しかし、繰り返し行われたこの儀式で、ジークムントは未だに、どの令嬢にもピンときたことがなかった。

皇帝家の血族の中で、オメガの令嬢はそれほど多いわけではない。

そのため周囲は、どの令嬢にもまったく食指を動かさないジークムントに対し、焦燥感を持ち始めていた。そもそも、アルファの男は性欲が強いはずで、なぜジークムントが反応しないのか、不審に思う者もいた。

だが、アルファとオメガは、ごく稀に唯一無二の相手に出会うことがあった。

それは「永遠の番」と呼ばれ、互いにしか欲情せず愛情も持たない。二人の結びつきは強く、生涯絆は続く。

「永遠の番」の二人から生まれた子どもたちは、ひときわ容姿才能に優れた者が排出されるという。

歴代の皇帝の中でも、「永遠の番」に出会えた者は、数えるほどしかいなかった。

ジークムントは「永遠の番」を渇望していた。

もの心ついた時から、彼は孤独だった。

他人の大人ばかりに囲まれ、別荘から出ることも許されず、将来もすでに聖職者と定められていた。幼い頃は、何度人知れず寂しさに泣いたことだろう。

それが突如、首都に呼び戻され、選択の余地なく皇帝の座に就かされた。

アルファとして恵まれた容姿と才覚を持ち合わせていたが、その陰でジークムントは血の滲むような努力と研鑽を積み重ねていた。

正式な皇太子ではないという周囲の蔑みを払拭し、自他共に認める偉大な皇帝になることが、ジークムントの矜持だ。

今や「建国以来の偉大な皇帝」と謳われるまでになった。

だが、孤独は癒えることなく、心は虚ろで満たされない。

そのことを、周囲の者は何も知らない。

年頃になれば、当然のように血族のオメガの令嬢を選ぶことを望まれる。そこにはジークムントの意思はない。

ジークムントは、自分が選ばれたオメガの彼女たちにまったく反応しなかったのは、天の采配だと感じている。

運命に翻弄された自分に、せめて唯一の連れ合いを与えようと、神が哀れんでくれたのに違いない。

「永遠の番」を、ジークムントは待ち焦がれている。

彼は愛に飢えていた。

愛し愛されたいと、心から願っていたのだ。


奥庭のはずれには、使用人たちの作業場に通じる小径があった。

その先に、皇帝の洗濯物の干し場がある。

木陰越しの遠目に、なにか白いヒラヒラする物が見えた。

ジークムントは不審に思い、ゆっくりとそちらへ向かった。

物干し場に誰かがいる。

侍女の服装をしている。

まだ若い娘のようだ。彼女は物干し場の竿から、白いシーツを剥がして両手で抱えた。

背中まで届く長い金髪が、月明かりに映える。華奢で色白の透き通るような肌をして、まるでこの世の人間でないような儚さがある。

ジークムントは思わず、木陰から姿を現してしまった。

がさりと、草を踏みしだく音を出してしまう。

「あ……？」

侍女が小さく声を上げ、顔を振り向けた。

彼女は怯えた声を出し、まっすぐこちらを見つめてきた。

「誰っ？」

ジークムントはハッと息を呑んだ。

長い睫毛に縁取られたつぶらな青い瞳、形の良い鼻筋、少しぷっくりした紅い唇、小作りの整った美貌の乙女だ。

直後、ジークムントは雷にでも打たれたような衝撃を受けた。

瞬時に全身の血が熱く滾った。

心臓がドキドキと脈動を速め、呼吸が乱れる。こんな状態になったのは、生まれて初めてだ。

そして、ジークムントは直感した。

ついに、巡り合ったのだ。

「永遠の番」に。

「お前か――？」

ジークムントは密(ひそ)やかな声で尋ねる。

「お前だな？」

侍女は怯えたように、シーツを抱えたまま一歩後ろに下がる。

ふいに強い風が吹きつけ、彼女の抱えているシーツが大きくはためいた。

まるで花嫁のヴェールのように――。

夢のように美しい光景で、ジークムントは胸が躍る。

彼は今度はきっぱりと言う。

「とうとう、私は出会ったのだ『永遠の番』に」

侍女は青い目を見開き、呆然(ぼうぜん)としたようにこちらを見返してくる。

第一章　オメガの乙女

「あ……いけない――寝過ごしてしまった」

皇城の奥にある使用人専用の棟には、ベッドひとつでいっぱいになりそうな狭い部屋がいくつも並んでいる。

その一部屋で、ペトロネア・アウグストンはハッと目を覚ました。

午後の仕事を終えて、少しだけ休もうとベッドにもたれているうちに、いつのまにかぐっすりと眠りこけてしまったのだ。

慌てて、一つしかない小さな窓から外を覗くと、すでに深夜のようだ。

「どうしよう――シーツを干しっぱなしにしてしまったわ。皇帝陛下のお気に入りのシーツなのに……」

ペトロネアはうろたえて、足音を忍ばせて部屋を出た。暗く狭い廊下は静まり返っている。他の使用人たちは、就寝しているようだ。

使用人専用の棟を抜け出し、月明かりを頼りに抜け道を使って急ぎ足で、奥庭にある皇帝専用の物干し場を目指す。

今年十七歳になるペトロネアは、十二歳の頃から皇城の住み込み侍女として働いている。洗濯係になって五年、真面目な働きぶりが評価されたのか、皇帝専用のシーツ係に任命されて二年経つ。

皇帝専用の仕事は、普通の使用人たちより給金がよい。

たった一人の身内である二つ年下の弟を、寄宿制の有名公立学校に入れて、かなりの仕送りをしているペトロネアにとって、この仕事は手放せない。

それなのに夜中になるまで寝入って、取り込むのを忘れてしまうなんて。

このひと月、体調がすぐれないせいかもしれない。

常に微熱があり、頭がぼんやりして、身体がなんとなくだるいのだ。

寝込むほどではないので、仕事はなんとかこなしていたが、今日のような迂闊な失敗を犯してしまうこともあった。

「私ったら、どうしちゃったの」

口の中でつぶやきながら、物干し場へ辿り着く。

竿にかけられてあるシーツを急いで取り込む。夜露でわずかにしっとりとしたシーツから、ほんのりと独特の麝香のような香りが漂う。皇帝陛下の体臭だろうか。

「……陛下」

ペトロネアは不敬とはわかっていたが、思わずシーツに顔を埋め、そっと香りを吸い込んだ。

胸が甘く疼く。

ペトロネアは、ずっと皇帝に憧れていた。

皇帝ジークムントは、お供もつけずに奥庭をよく散歩している。

去年たまたま、シーツを干している時に、そぞろ歩いているジークムントに遭遇したことがあった。木陰の向こうに彼の姿を見つけ、ペトロネアは慌ててシーツの陰に身を隠し、おずおずと覗(のぞ)き見(み)る。

なにか物思いに耽(ふけ)っているようで、ジークムントはこちらに気がつかなかった。

噂(うわさ)通りの美麗な青年だった。

長身で手足がすらりと長い。

長い睫毛に縁取られた青灰色の目、高い鼻梁(びりょう)に、男らしい研ぎ澄まされた頬の線、彫像のように端整な横顔。

長めの銀髪がたてがみのように風になびき、まさに「銀の狼皇帝」そのものだ。

こんな気品に満ちた美しい男性を見たことがない。ペトロネアはうっとりと見惚(みほ)れてしまう。

だが、心奪われたのはそれだけではない。

国の最上位にいる人物としては当然のことかもしれないが、ジークムントの全身から、なにか人を寄せ付けないひんやりした空気が漂っているような気がした。

それは、壮絶なほどの孤高感と、寂寥(せきりょう)を感じさせた。

美麗な容姿ゆえに、余計に胸を打たれるものがある。

同じように孤独を抱えているペトロネアには、なにか相通じるものがあった。

憂い顔のジークムントは、そのままゆっくりと　皇城の方に歩み去っていった。

ペトロネアは息を詰めて、彼の姿を見送っていた。

まともにジークムントを見たのは、それが最初で最後だ。

だが、ペトロネアの心の中には、ジークムントの面影が強く焼きついた。

仕事に明け暮れ、給金のほとんどは弟に仕送りし、食べて寝るだけのような判で押したような虚しい日々に、ジークムントのことを思うと、胸がじんわり温かくなり、元気が出るような気がした。

憧れのジークムントの使うシーツを扱えるなんて、夢のようだ。だからいっそう仕事に励むようにしていた。それなのに、シーツを取り込み忘れるなどとつまらない手違いをするなんて。

この仕事を失ったら、ペトロネアは行き場がない。

湿ってしまったシーツは、部屋に戻ってアイロンをかければなんとかなるだろうか。

そう思いながら、シーツから顔を上げた時だ。

がさりと下草を踏みしめる音がした。どきんと心臓が跳ね上がる。

「誰っ？」

こんな深夜に、不審者だろうか？

警戒して音のした木陰をうかがうと、満月を背中に、長身のシルエットがぬっと前に進み出てきた。

「あっ……」

ペトロネアは息を呑む。

皇帝ジークムント、その人だった。

彼は、ゆったりとした踵(かかと)までの白い部屋着に紫の長いガウンを羽織っていた。いつもきっちりとした軍服を着ているというので、このように寛(くつろ)いだ姿だと、異国の砂漠の王のようなエキゾチックな雰囲気があり、それも魅力的だ。

ジークムントは、青灰色の瞳で、じっとこちらを凝視している。

その視線に、なぜか身体の芯がじわっと熱くなる気がした。

彼が低くつぶやく。

「お前か――?」

初めて聞くジークムントの声は、響きの良いバリトンで、背骨を官能的に擦っていく。

ジークンムントが一歩前に出た。

「お前だな?」

ペトロネアは言葉の意味がわからず、恐れ多くて、シーツを抱えたまま一歩後ろに下がる。

ふいに強い風が吹きつけ、ペトロネアの抱えているシーツが大きくはためいた。

「あ……」

慌ててシーツを押さえようと掻(か)き抱(いだ)くと、その隙にジークムントはずんずんと近づいてくる。

目の前に立たれると、見上げるような長身であるとわかった。

ペトロネアは威圧感に、身が竦(すく)んだ。身を翻してその場を去りたいのに、なぜか足が地面に張り付いたように動かない。

ジークムントは視線を動かさず、今度はきっぱりと言う。

「とうとう、私は出会ったのだ『永遠の番』に」

「え、永遠？　……の、つがい……？」

相手が何を言っているのかわからない。

ジークムントが深くうなずいた。

「そうだ、お前こそ、私の生涯の連れ合いだ。私たちは、やっと出会えたのだな」

「連れ合い……？」

ペトロネアは混乱する。

そういえば、噂では聞いたことがあった。

いわく、皇帝家の人々は、オメガバースという特別な体質をしていると。

皇帝陛下は特定の血族の女性にしか、心動かされず、正妃はその特別な女性たちの中から選ぶのだと。

だが、ペトロネアは、皇帝家とは縁もゆかりもない。自分は一介の侍女に過ぎない。

ジークムントは何か勘違いでもしているのだ。

「い、いえ……私……これで、失礼します」

声を振り絞り、じりじりと後ずさりした。

「待て」

咄嗟にジークムントが長い腕を伸ばし、ペトロネアの手首を掴んだ。

「あっ」

「あっ」

二人は同時に声を上げた。

刹那、ジークムントに触れられた箇所から、強い雷にでも打たれたような戦慄が走り、全身を駆け巡ったのだ。

かあっと身体中の血が熱く滾るような気がし、心臓が壊れそうなほどドキドキ脈打つ。息が詰まり、ジークムントから目が離せない。

それは、ジークムントも同じだったようで、彼は目を見開き感銘を受けたような表情で、ペトロネアを凝視した。

彼は感に堪えないように声を震わせた。

「お前、ヒートなのだな」

「ヒート？」

「そうだ、オメガの女性は年頃になると、周期的にアルファの男を誘う甘い匂いと気配を撒き散らす。それがヒートだ」

ペトロネアは意味がわからず、ふるふると首を振った。

「い、いいえ、そんな……違います、私はただの平民です……」

「いや、お前はオメガだ」

やにわにジークムントが手首を強く引いてきた。

「あっ」

足がよろけて、彼の分厚い胸に倒れこんでしまい、抱きかかえられてしまう。麝香のような男らしい香りが、彼から強く匂い、ペトロネアは頭がクラクラした。酒に酔ったように気持ちが浮（うわ）ついていてくる。

だがすぐに我に返って、その腕から逃れようと必死で身を捩（よじ）る。

「や……後生ですから」

ジークムントの大きな手が、ペトロネアの長い髪を掻（か）き上（あ）げた。細いうなじが剥（む）き出（だ）しになった。

「きゃ……」

「思った通りだ。ここに、オメガの印の、赤い三日月模様の痣がある。オメガは年頃になると、うなじにこの痣が浮き出るのだ」

「うそ、そんな痣なんて……！」

ペトロネアはうろたえる。自分のうなじなどめったに見ないので、そんな痣があることなど知る由もなかった。

ジークムントは、高揚したような表情になり、自分の右手首の内側を差し出して見せた。そこには、星のような形の青い痣が刻されていた。

「見ろ。これがアルファの男の証だ。オメガのお前の痣と、一対になる」

「……」

ペトロネアはジークムントの引き締まった手首をまじまじと見る。

その痣を見ると、再び全身が熱く火照ってくるような気がした。

でも違う。

自分がオメガのはずがない。

「陛下、お願いです。何かの間違いです。どうか、どうか、離して……」

必死で懇願するが、ジークムントはさらに強い力で抱きしめてくる。

「間違いない。お前は私の運命の番だ。こうしているだけで、私の血潮がくるおしく熱くなってくる」

彼の呼吸が乱れ、青灰色の瞳に凶悪で妖しい光が宿る。

「いや、だめです、だめ……っ」

本能的な危険を感じ、ペトロネアは力の限りに身じろいで、ジークムントの腕から逃れようとした。

だが、ジークムントは片手でペトロネアの後頭部をがっちりと押さえると、身動きできないようにして顔を仰向(あおむ)かせてしまう。真正面から互いの視線が絡む。

「や……」

避ける間もなかった。

ジークムントの端整な顔が寄せられ、ペトロネアは思わず固く目を瞑(つぶ)ってしまう。その直後、唇になにか柔らかい感触があった。

「っ……」

最初はそっと、二度三度繰り返しているうちに、それは次第に強くペトロネアの唇に触れてくる。

ふわっとジークムントの熱い息が、頬を擽る。

「ああ、お前の唇は、なんて柔らかくて甘いのだ」

彼の陶然とした声に、ペトロネアはハッと目を見開き、その時やっと、自分が口づけされたのだと気が付いた。

初めての異性から口づけ。

その相手が、憧れの皇帝陛下だなんて。

感動の直後、正気に戻り恐怖が襲ってくる。

「だめです、やめて、離し……」

拒絶する余裕もなかった。

ジークムントは両手でペトロネアを強く抱き直すと、今度は食らいつくような口づけをしかけてきたのだ。

「んんっ……んぅっ」

ペトロネアは、息継ぎをすることも忘れてしまい、身を強張らせた。

喰いしばった唇を、ジークムントの濡れた舌がぬるっと舐めた。

「ふぁっ？」

驚いて思わず声を上げてしまうと、開いた唇から肉厚な男の舌が滑り込んできた。

「ふ、ぐぅ……っ」

ジークムントの熱い舌は、歯列をなぞり口蓋をたっぷりと舐め回し、最後に怯えて縮こまっているペトロネアの舌を絡め取る。

そして、ぬるぬる舌先で擦っては、ちゅうっと音を立てて強く吸い上げてきた。

「……っ、んっ……ふぅっ……」

ペトロネアは、今まで自分が思い描いてきた口づけとはあまりにも違う、強引で情熱的なそれに、呆然として目を見開いてしまう。

舌の付け根まで強く吸い上げられるたびに、背筋にぞくぞくするような未知の甘い快感が走り抜け、意識を攫われてしまう。

「……んゃ、あ、んぅっ……」

こんな感覚は生まれて初めてで、抵抗するすべもなく、官能の悦びに全身が酔いしれていく。

硬直していた身体から、みるみる力が抜けていった。

ジークムントはぐったりしたペトロネアの身体をしっかりと抱きかかえ、繰り返し舌を絡めては吸い上げ、溢れる唾液を嚥下し、歯茎や喉の奥までくまなく味わい尽くす。

「く……ふぁ、あ、はぁ……ぁ……ん」

深い口づけは、延々と続けられ、いつしかペトロネアはその心地よさに身を任せ、自然に悩ましい鼻声を漏らし始めていた。

やがて、下腹部の奥がつーんと甘く疼き、身体が熱く昂ぶっていく。

「んゃ、や……や、め……」

淫らな感覚に理性がすべて奪われていくようで、ペトロネアは弱々しく首を振る。

ペトロネアの舌を堪能し尽くしたジークムントが、ようよう唇を解放した。呼吸が自由になったペトロネアは、せわしなく息継ぎした。

「はあっ、は、はぁ……っ」

ジークムントが恍惚とした表情で見つめてくる。

「素晴らしい。お前のとの口づけは、たまらない。至福だ」

彼は唾液で濡れ光る唇を、ペトロネアの上気した額や頬に耳朶に繰り返し押し付けては、掠れた声でささやき続ける。

「可愛い。愛しい。私の永遠の番——お前のどこもかしこも、良い香りがして甘い味がする」

「あ、あぁ……陛下、もう、お許しを……」

消え入りそうな声で拒絶するが、ジークムントの唇が触れる箇所すべてが、震えるほどの刺激を感じてしまう。熱い息遣いにすら、胸が壊れそうなほどときめいてしまう。

ジークムントの舌が、ねっとりと耳朶の後ろを舐め回すと、下肢の中心に淫らな疼きが強烈に走り、腰がびくんと浮いた。

「ひぁ、あ、だめぇ、そこ、やぁ、舐めちゃ……ぁ」

涙目で懇願するが、その表情は返ってジークムントを煽ることにしかならなかった。

「ここか？　ここが感じるか？」

　ジークムントは見つけたばかりのペトロネアの感じやすい耳裏を、執拗に舐め下ろし舐め上げてきた。

「あっ、あ、あ、やぁ、あ、だめ……っ」

痺れる快感が下腹部の奥を襲ってきて、子宮のあたりがきゅんきゅん締まる。

　そんな反応は初めてで、せつないような焦れるような感覚に、腰が抜けてしまい、もはや自分の足で立っていられなくなってしまった。ふらつくペトロネアの身体を、ジークムントはぎゅっと抱きしめ、耳孔に密やかな声を吹き込む。

「可愛い声で啼く。ヒートのお前は、ひどく感じやすくなっている。その甘い声、ぞくぞくする。もっと啼かせたい。もっとだ」

　彼は濡れた唇を啄むように吸いながら、片手をゆるゆるとペトロネアの胸元に移動させてきた。服地越しに、胸の膨らみをすっぽりと覆った。

「え、あ？」

　驚いて声を上げてしまう。

　ジークムントが、おもむろに乳房を揉みしだいたのだ。

「やめて、触らないで……う、ふぅ、んんんっ」

抗議しようと唇を開いたとたん、ジークムントはすかさず舌を押し入れてきて、口腔を熱く掻き回してきた。深く唇を塞いだまま、乳房を柔らかく揉んでくる。

「ふ、ぁ、んんぅ、んんん……っ」

ぬるぬると舌を擦られて、その得も言われぬ感触に、再び意識が朦朧としてしまう。その上どういうわけか、揉まれた乳房の先端が硬く尖ってくっきりと布地を押し上げてくるのがわかった。

ジークムントがわずかに唇を離し、嬉しげに目を眇めた。

「乳首が勃ってきたな――気持ちよくなってきたのか？」

甘い声でささやかれ、その艶めいた響きに、さらに乳首が立ち上がってしまう。なぜそんな反応をしてしまうか、ペトロネアにはわからない。

「や……違います……」

恥ずかしさに頬が火の着いたように熱くなる。

「隠さなくてもいい、そら、もっと触れてやる」

ジークムントの指先が、浮き上がった乳首の先端を触れるか触れないかの力で撫で回した。

「あっ？」

直後、ぞくりとした官能の痺れが、先端から下肢に走った。

同時に、媚肉の奥がきゅうっと淫らに収縮する。

「やめ……て、触らないで、だめ、そこ……」

太腿の狭間の密やかな部分が、艶めかしく疼いてしまう。そんな感覚は初めてで、うろたえてしまう。

羞恥に涙目になって、ジークムントの執拗な唇から逃れようと首を振る。

「お願い、もう、やめて……私……」

「感じるのを恥じることはない、ヒートのオメガなら、当然の反応だ」

ジークムントはやにわに、尖った乳首をぎゅっと捻り上げた。

「つうっ、んっ、は」

軽い痛みが走り、先端がじんじん痺れる。ジークムントは鋭敏になった突起を、今度は指の腹で、労わるように優しく擦ってきた。

「は、はぁ、や、あぁ……」

乳首から擽ったいようなせつないような快感が生まれ、その官能の痺れが全身に広がっていくようだ。自分のあらぬ部分が、やるせなく疼き、それをやり過ごそうともじもじと太腿を擦り合わせるが、その感覚を耐えようとするほどに、身体中が熱く滾るような気がした。

ペトロネアの顕著な反応に追い打ちをかけるように、ジークムントはさらに左右の乳房を交互にいたぶってくる。

「あ、あぁ、だめ、もう、しないで……いやぁ、もう……」

恥ずかしい媚びるような鼻声が、止められない。

「その声、絶品だな。最高にそそる、可愛いぞ、もっと啼け」

ジークムントの息が乱れてくる。

「んんん……ん、んっ」

こんなはしたない声を上げては、余計に彼を煽るだけだ。必死に唇を引き結び、声を抑えようとした。

しかしそうすると、逃げ場を失った劣情が全身を犯していく。媚肉の性的な飢えが、はっきりと自覚され、居ても立ってもいられない。

「お、お願い、です、もう、やめて……私、なんだか、変になって……」

息も絶え絶えになって懇願する。

「濡れてしまったか？」

ジークムントの艶めいた声が耳孔に吹き込まれ、その感触にすら感じ入って、身悶えてしまいそうになる。

「ぬ、濡れ……？」

言っている意味がわからず、きょとんと見返すと、ジークムントがくすりと笑う。

「なんてお前は初心で無垢なんだ。ああ、可愛いな。唇だけではなく、お前の胸を味わいたい。舐めてやろう」

「え？」

呆然としていうちに、ジークムントの顔が胸元に埋められ、布地越しにくっきり浮かび上がった乳首を、咥えこんできた。

「あっ、あ、ぃあっ？」

凝りきった乳首を、ジークムントの濡れた舌が舐め回してきた。ぬるりとした感触に、指で触れられている時よりも、いっそう甘く感じてしまう。

「感じやすい小さな蕾だ。直に舐めたいな」

ジークムントが独り言のようにつぶやき、ふいに硬く尖った先端をくっと甘噛みしてきた。

「痛ぁ、ひっ？　あ、あぁん」

鋭い痛みに、身体がびくんと跳ねた。

「痛いか？　優しくしよう」

まだひりひりする先端を、ジークムントはねっとりと舐め回した。

「やぁん、あ、や、あ、ぁ……ん」

服地が唾液で濡れてぺったりと乳首に張り付き、直に咥え込まれているような錯覚に陥る。甘い声が止められなくなる。

ふいに、ちゅうっと音を立てて乳首を吸い上げられ、腰が痺れたみたいにぶるりと震えた。下腹部の奥が、戦慄(わなな)くのがわかった。

「だめ、あぁん、もう、しないで……はぁ、あぁ、ぁん」

「堪(たま)らぬ声だな——ここも触れてやろう」

胸をなぶりながら、ジークムントはペトロネアのスカートを大きく捲(めく)り上げた。

「あっ」

下穿(したば)きに包まれた太腿まで剥(む)き出しになり、外気に晒(さら)された肌に、さっと鳥肌が立つ。

ジークムントの硬い指先が、ゆっくりと太腿を撫(な)で上げじりじりと内腿(うちもも)へ近づいていく。そのいやらしい動きに、怯えと淫らな期待の入り混じった感情に支配され、全身が硬直した。

慌てて両足を閉じ合わせようとしたが、ジークムントの指は巧みに下穿きの裂け目から、恥ずかしい部分に侵入する。

薄い下生えから、指先が潜り込んで割れ目に触れてきた。

「ひっ」

自分でも触れたこともない箇所を、ジークムントが弄ってくる。驚きと同時に、痺れるような心地よさが走って、びくりと腰が浮く。

ジークムントの指先が、ぬるりと滑る感触がした。

「ああ、すっかり濡れている」

ジークムントは感に堪えないと言った声を出し、そろそろ花弁を撫で上げ、撫で下ろした。媚肉の奥が強く戦慄き、両足がぴんと伸びて硬直する。

「はっ、や、だめ、そこ、あ、あ、ぁ」

割れ目をゆっくりと往復されると、花弁のあわいがさらにじっとりと濡れてくる気がした。指の動きがさらに滑らかになり、ぬるぬると蜜口の浅瀬を刺激され、生まれてくる性的な悦びに、逆らえなくなった。

「気持ちいいか？」

ジークムントが再び乳首も舐めてくる。濡れた服地ごと乳首を舐められると、なんだかもどかしくて堪らなくなり、直に舐めて欲しいとすら思ってしまう。

「あん、だめ、あ、や、だめぇ……」

胸と秘部と同時に弄られ、どちらに気持ちを集中していいかも混乱し、ぎゅっと目を瞑って、与えられる官能の刺激に耐えようとした。

やがて、ジークムントの指が割れ目を押し開くようにして、さらに中へ侵入してくる。閉じていたそこから、とろりと何かが溢れてくるのがわかった。

「もう、とろとろだ」

指先が、蜜口の浅瀬を掻き混ぜた。

「はぁ、あ、あ、やぁ、あ、ぁ、あぁ……」

熱く疼いていた部分に触れられると、未知の快感が膨れ上がって、戸惑いながらも拒むことができない。

「どんどん溢れてくる――熱いな。そしてここは、指に吸い付くようだ」

くちゅくちゅと粘ついた水音に、鼓膜が淫らに震える。

「あぁ、も、やめ……お願い、そんなところ……も、う……」

はしたなく感じてしまうことにどうしていいかわらず、ペトロネアは思わずジークムントの胸にしがみつき、ぷるぷると小刻みに頭を振る。

触れられる媚肉は、快感にふっくらと膨れ、腰がさらに求めるみたいに揺れてしまう。

「ふふ、身体が熱く柔らかく溶けている――ここは、どうだ？」

愛液にまみれたジークムントの指が、割れ目の上の方に移動する。

そこに佇む小さな突起を、指先がころっと撫でた。

「はあっ？」

直後、雷にでも打たれたような鋭い悦楽が下肢に走り、ペトロネアは背中を弓なりに仰け反らせて、甲高い嬌声を上げてしまう。

「い、や……なに？　あ、だめ、えっ」

「見つけた。女性が一番感じてしまう、小さな蕾だ」

ジークムントはほくそ笑み、ぬるぬるとそこばかりを弄ってきた。

びりびりと激烈な快感が全身を貫き、ペトロネアは目を見開いた。

「あ、あぁ、あ、や、あぁ、は……ぁ、やぁあっ……やめ、て……ぇ」

目の前に真っ白な快感の火花が弾ける。

「やめない。もっと触ってやる」

意地悪い声を出したジークムントは、秘玉の包皮を剥き下ろし、鋭敏な花芯に直に触れてきた。

「ひぁ、ひ、だめ、あ、あ、や、だめ、だめぇっ」

恐ろしいくらいの快感だ。

腰ががくがくと震え、隘路の奥が強く収斂した。

「やめて、しないで、もう……もうっ」

感じすぎてもうやめてほしいのに、両足はさらに誘うみたいに大きく開いてしまう。

触れられている花芽ばかりではなく、媚肉も燃え上がるように痺れ、何かを埋め込んで欲しいような淫らな欲求が生まれてくる。

苦痛に繋がる快感があるなんて、初めて知った。

「だめ、だめなの……あぁ、んんぅ、は、はぁ、あぁ、だめ……」

どうしていいかわからず、ただ与えられる初めての愉悦に翻弄されていく。

「奥がひくついて、指を引き込んでくる――欲しいか？　ここに？」

ジークムントが耳元で掠れた声でささやいた。

「や……だめ、も、お願い……どうにか、なってしまいます……」

目尻から生理的な涙が零れ、迫り上がってくる媚悦に何も考えられない。

自分の足ではもう立っていられず、溺れた人のようにジークムントにしがみついた。

「可愛い。どうにかなっていい、お前が私を求めているのが、わかるぞ」

くぐもった声と同時に、蜜口の中にジークムントの骨ばった人差し指がぬくりと侵入してきた。

「はあっ？　あ、指……？　や、挿入れちゃ、やあ……っ」

異物感に身じろぐが、濡れ果てていた隘路は案外あっさりと男の指を受け入れてしまう。

「ああ狭いな。だがよく濡れて熱い。もう少し挿入るな」

ジークムントはじりじりと媚肉の奥へ指を突き入れてくる。

「は、はぁ、あ、だめ……」

内壁を押し広げるように指が侵入し、ゆっくりと抜き差しを始める。

「どうだ？　痛いか？」

気遣わしげに聞かれ、かすかに首を横に振る。違和感はあるが、苦痛ではない。

「い、痛くはない、です……」

「そうか――もう少し拡げておこう」

ジークムントは中指も揃えて、柔襞に押し込んでくる。

「ん……ん、ん……ぁ」

隘路がじわじわと押し広げられていく。

しとどに溢れた愛蜜のせいで、指は次第に滑らかに往復するようになった。疼き上がっていた膣襞を擦られると、秘玉をいじられるのとまた違う、重甘い愉悦がじんわりと生まれてきた。

「あ、はぁ、は、ぁあ……」

「また締まる――よい反応だ」

ジークムントは、くちゅくちゅと恥ずかしい水音を立てて、指の抜き差しを繰り返し、せつない悦楽がどんどん大きくなってくる。さらにとろとろに淫蜜が零れ出て、ジークムントの手をはしたなく濡らしていく。

「とめどなく溢れるな、ずいぶんと柔らかくなってきた。感じているんだね」

「は、ぁ、あ、感じて……なんか……」

こんな行為に心地よくなってしまうことが怖くて、否定するが、媚肉が勝手にきゅうきゅうとジークムントの指を喰んでしまうのを、止めることができない。

ジークムントの長い指が、内壁の中を探るようにぐるりと掻き混ぜた。

「ひ？　ひあっ？　や、なに？」

ひくひくと腰が慄き、肌が粟立った。

彼の指が、子宮口の少し手前あたりのどこかふっくらした箇所に触れてきた。ぞくぞくした重苦しい快感が内側から溢れてくる。

「んんー、んんぅ、あ、あ、あ、そこ、やめて……だめ、だめ、なにか……あ、だめに……っ」

悲鳴を上げたつもりだったが、喉の奥からひゅうひゅうという息と共に、消え入りそうな声がかろうじて漏れただけだった。

「ここか？　ここが感じるのだな？　ここか」

やめてと懇願しているのに、ジークムントは、さらにその部分を持ち上げるように指の腹でぐっと押してきた。

尿意を我慢するときのような痺れに性的な悦楽が混じった熱い感覚が、どっと押し寄せてくる。

「ああ、あ、だめ、って……あ、や、だめ…ぇ」

粗相をしてしまいそうな恐怖に、ペトロネアは無意識にジークムントの胸にすがって爪を立てていた。

「すごい締め付けだ、もう達(い)ってしまえ」

奥への刺激と同時に、ジークムントは充血してぱんぱんに膨れた秘玉を、円を描くように撫で回したり、爪で抉(えぐ)るように刺激したりして、さらに快感を増幅させてくる。

「はぁ、あ、あ、どうしよう……あぁ、あ、だめ、なにか、来る……なにか……っ」

激しい愉悦の波が追い詰めてくる。

理性を根こそぎ攫っていく。

もう終わりにして欲しくて、ただただ与えられる快感を貪った。

内腿ががくがくと痙攣し、息が詰まり、爪先まできゅうっと力が籠った。

もう駄目になる、と予感した。

「ああ、あ、あああぁ、あ、だめぇ、あ、ああぁ、いやぁああ、だめぇえええっ」

悦楽の限界に達して、ペトロネアは全身を硬直させ、びくんびくんと大きく腰を跳ね上げた。

頭が真っ白に炸裂し、何か高いところから突き落とされたような錯覚に陥る。

一瞬気を失ったのかと思う。

「あ、あ……ぁ、あ……」

ふわっと意識が戻り、同時に全身から力が抜けた。

「……はっ、はぁ……は……ぁ」

くたくたと頽れそうになる身体を、ジークムントの力強い腕がしっかりと抱きかかえてくれる。

ぐったりした肉体を、彼が愛おしげに抱き締め、汗ばんだ頬に唇を押し付けた。

「初めて、達したか?」

「……ぁ、ぁあ……ぁ」

何を言われているかもわからない。

ただ、心地よさの限界に追いやられ、知ってしまった官能の世界から、もう逃れられないような予感がした。

ジークムントの指が、ぬるりと抜け出ていく。

「あ……ん」

その喪失感に、これ以上駄目だと思っていたのに、媚肉のせつない飢えは収まっていないのに気がついた。

もっといっぱいに満たしてほしくて――。

いったい、自分の肉体に何が起こっているだろう。

抱き締められて、ジークムントの胸の早い鼓動を感じ、さらにぞくりと隘路が慄く。

「ああ、可愛い。堪らない、私の運命の乙女よ――まだ身体が熱いな」

やにわにジークムントは、ぐったりしたペトロネアの身体をひょいと横抱きにした。

「きゃっ」

身体が宙に浮いて、とっさにペトロネアはジークムントの首に両手を回して抱きついてしまう。

手にしていたシーツが、ばさっと背後に飛ばされた。ペトロネアの髪の毛に顔を埋め、ジークムントが嬉しげに鼻を鳴らす。

「ふふ、そんなに誘うな」

「さ、誘ってなんか……っ」

うろたえて答えるが、ジークムントは聞く耳を持たず、そのまま踵を返して歩き出した。

「陛下、ど、どちらへ？」

ジークムントはまっすぐ前を見たまま、答える。

「私の部屋だ」

「へ、部屋……？」

ジークムントはペトロネアの額に口づけを落とし、平然と言う。

「今宵、お前と番いの契りを交わす」

「契り……！」

無垢で初心なペトロネアだが、それがどういう行為なのかは理解できた。

ジークムントは、今から肉体関係を持つと宣言したのだ。

恐怖で、さっと頭が目覚めた。

ペトロネアは力の抜けた身体を身じろがせた。

「陛下、陛下……お願いです、離してください、離して……んんぅっ」

抵抗の言葉を、ジークムントは深い口づけで奪ってしまう。

「く、ふぁ、あ、ふ……ぅ」

ぬるついた舌が口腔中を熱く掻き回すと、身体の芯がぞくぞく震えて、抵抗する気力を奪っていく。なぜ自分が、こんなにも感じやすいのか理解がいかない。

まさか、ジークムントの言っていたオメガのヒートのせいだとは、思いたくない。

「ぁ……ぁ、あぁ……」

息も絶え絶えになって目を潤ませるペトロネアを、ジークムントは目を眇めて熱っぽく見つめる。

「安心しろ。優しくする。私の大事な番だ。お前がつらくなるようなことは、しない」

「……だめ……だめ、です……許して……」

拒絶する自分の声に、甘い媚びが混じってしまう。口づけの合間にも、ジークムントは大股で歩きつづける。

奥庭から皇城に続く回廊の入り口に、皇帝付きの警護兵たちが数名跪いて控えていた。

「私はこれからこの乙女と寝所に籠る。その間、誰も入れぬようにせよ」

ジークムントは彼らに威厳のある声で言い放ち、そのままさっさと回廊を進んでいく。

「御意」

警護兵たちは無駄口を叩くことなく、整然とジークムントの背後に従った。皇帝の行動は絶対なのだろう。彼らはジークムントが抱きかかえているペトロネアには、一瞥もくれない。

回廊の奥は、皇帝専用の区画になっている。ペトロネアのような下級侍女など足を踏み入れることも許されていない。

とっつきに頑丈そうな鉄の扉が見え、その前に槍を構えた屈強な警備兵たちが配備されていた。

「開けよ」

ジークムントが扉の前まで来ると、警備兵たちが重々しい音を立てて扉を開いた。ジークムントが素早く中へ身を滑り込ませると、直後に扉は閉められた。

ジークムントが軽く息を吐いた。

「ここは、皇帝に許された者しか入れぬ」

禁忌の領域だ。

吹き抜けの高い天井はドーム型で、東洋の高価な絨毯が敷き詰められた広い廊下の南側には、緻密なステンドグラスが嵌め込まれた高い窓がいくつもある。皇帝家の家紋である双頭の獅子の文様を刻み込んだ壁面には、高名な画家の絵が無数に飾られ、あちこちに由緒ある鎧や希少価値の高そうな白磁や青磁の壺が飾られていた。

だが、ペトロネアにはそういったものを鑑賞する余裕などなかった。

愛撫の酩酊から覚めてきて、自分の身に何が起ころうとしているのか自覚され、恐怖と緊張に気が遠くなりかけた。心臓がばくばくいい、全身から血の気が引いていく。

気がはやってきたのか、ジークムントは中央の螺旋階段を、軽快な足取りで駆け上がった。

最上階に辿り着くとジークムントは、廊下の奥の扉の前に彫像のように控えていた警護兵にひと言、

「人払いを」

と鋭く言い放つと、片手で扉を開けて部屋の中に入った。

中は広々としているが、黒檀の調度品でまとめられた落ち着いた部屋だった。光は暖炉の熾火と、奥の天蓋付きのベッドの側の小卓に乗せられたオイルランプの明かりのみで、静謐でうすぼんやりとしている。

ジークムントはまっすぐ奥へ直行し、大人が数名横たわれそうな広いベッドの中央に、ペトロネアを壊れ物のようにそっと仰向けに寝かせた。

「あ……」

いつも丁重に洗濯している皇帝専用の上等な絹のシーツの上に、自分が横たわってるなんて。ペトロネアは口から心臓が飛び出しそうなほど緊張してしまい、声も出ない。

ジークムントはベッドに膝立ちになって、ガウンを脱ぎ捨て、ペトロネアを見下ろした。

白皙の美貌が薄明かりの中に浮かび上がり、幻想的な美を醸し出している。部屋着の胸元がはだけて、引き締まった筋肉が覗いている。青灰色の瞳が妖しく輝き、渾名の通り野生の狼のようだ。

貞操の危機だと言うのに、ペトロネアはあまりに蠱惑的な姿に我知らず見惚れてしまう。

「お前、名は？」

「ペトロネア・アウグストン……です」

「ペトロネア――お前のすべてを欲しい」

ペトロネアはジークムントを見上げながら、ぼんやりと考えた。

なぜこうなってしまったのか、まったくわからない。

どうしてジークムントが自分を選んだのか。

――おそらくは、権力者の気まぐれだろう。

代々の皇帝は、皆精力絶倫だったという。

きっとジークムントも、数多の女性と浮名を流してきたに違いない。

要するに、ペトロネアは欲情していたジークムントと、たまたま出会っただけなのだ。

自分がオメガだとか、永遠の番だとか、そんな言葉はジークムントの口説き文句に過ぎないだろう。

そう考えるのが、一番腑に落ちた。

でも——。

ずっとこの人に憧れて、ささやかな恋心を育ててきたのだ。

仕事に明け暮れ、弟の成長だけが唯一の生きがいで、自分の人生の喜びや楽しみはすべて諦めてきた。そんなペトロネアの毎日の心の支えは、儚い初恋だけだった。

それが今夜、遠くから見ることすら恐れ多い憧れの皇帝の腕に抱かれ、口づけをされた。

甘いささやきと淫らな愛撫で、未知の官能の悦びを教えられた。

きっと、ペトロネアの人生でもう二度と、誰かと睦み合うことなどないだろう。

最初で最後の夜——そして、一生の思い出となる夜。

ペトロネアが答えないからか、ジークムントは婉然とした笑みを浮かべ、ペトロネアの片手を取って、その甲にそっと口づけした。

「私のすべてでも、お前に与えよう——愛し合いたい」

心臓がどきんと跳ねて、壊れそうなほど動悸が速くなる。

ペトロネアは軽く目を閉じて息を深く吸い、ゆっくりと瞼を開けた。

そして、まっすぐジークムントを見上げる。

「優しく、してください……」

震える声だが、口にすることができた。

ジークムントの目元が、ぽうっと赤く染まった。

「ペトロネア――愛している」

ペトロネアの耳奥で、脈動がどくどくとうるさい。せつなげなジークムントの声は、胸の奥を甘苦しく掻き毟った。

「愛しているなんて……出会ったばかりなのに……」

「時間など関係ない。出会った瞬間、私たちは運命の絆で結ばれたのだ。私ははっきりとわかった。お前しかいない、お前だけだ、お前だけ――」

熱に浮かされたように繰り返しながら、ジークムントは両手を伸ばしてペトロネアの衣服を脱がせていく。

まるで神聖な儀式のように、ジークムントは丁重に一枚一枚剥いでいく。

「あ……」

意を決したけれど、異性の前で裸体を晒すことなど初めてで、恥ずかしさに気が遠くなる。

目をぎゅっと瞑り、じっとして彼のなすままになる。

最後の一枚の下履きまで取り払われ、生まれたままの姿にされた。

思わず両手で胸元と下腹部を隠そうとすると、ジークムントが静かに言う。

「全部見せてくれ」

羞恥に小刻みに身体が震えるが、両手をおずおずと脇に垂らした。

全身に、ジークムントの熱い視線が突き刺さるようだ。

ジークムントがしみじみとため息をつく。

「美しいな」

ペトロネアは恥ずかしくて顔から火が出そうだ。朝から晩まで働きづめで、美容に気を使うことなどなかったペトロネアの身体が、綺麗なわけがない。

皇族や高級貴族の令嬢たちは、栄養の行き届いた食事や適度な運動を取り、たくさんの美容要員の侍女たちに髪の毛から指先まで、磨き上げられているだろう。そんな女性たちと比べられたら、ペトロネアの肉体などどみすぼらしいに違いない。

「そんなに……見ないでください……綺麗じゃないもの……」

涙声になってしまう。

ジークムントの口調が強くなる。

「何を言う」

彼の手入れの行き届いた指先が、ペトロネアの肩口に触れた。

びくっとすると、その指はゆっくりと肩甲骨から乳房の曲線を辿っていく。

「細い骨、真っ白で肌理の細かい肌、ほっそりしているのに、乳房は豊かに張ってまろやかだ」

肌を這うジークムントの指の動きに、ぞくぞく甘く感じてしまう。

彼の指は、曲線を描く脇腹から腰に移動する。そのまま下肢に下りていく。

「自然に締まった腰、尻と太股は柔らかくふくよかで、膝から下は筋肉が良くついて張りがある——女体とは、こんなにも芸術的なのだな。神々しいほどだ」

「あ……」

そんなふうに言われると、真実のように聞こえてしまう。

口先だけの誘い文句としても、こんなに手放しで褒められたことなどない。

悦びに身体が熱くなった。

おずおずと目を開くと、熱を込めて見下ろしているジークムントと視線が絡んだ。

「ペトロネア」

彼が気持ちを込めて名前を呼び、ゆっくりと覆(おお)いかぶさってくる。

柔らかく唇を塞がれ、男らしい大きな掌(てのひら)が、身体の曲線に沿って撫で下してくる。

「ん……ん、んん」

啄ばむような口づけを繰り返され、探るように身体を撫で回されただけで、下腹部につーんと甘い痺れが走る。緊張と期待に、息を凝らしてじっとしていると、ジークムントの唇がゆっくりと下がってくる。彼の端整な美貌が、ペトロネアのふくよかな乳房の間に埋められる。

「柔らかい――」

彼の硬く高い鼻梁が乳房の稜線(りょうせん)をすりすり擦ると、擽(くすぐ)ったさと心地よさが混じった感触で思わず身じろいでしまう。

ジークムントは両手で乳房を掬(すく)い上(あ)げるように掴むと、丹念に揉(も)み込(こ)んできた。そうしながら、指先が乳首を優しく爪弾(つまび)いてくる。

「あ、ん、んふ……ん」

あっという間に乳首が凝り、鋭敏な器官に成りかわる。ツンと尖った先端を、くりくりと抉ら

れると、淫らな快感が身体の芯を熱くする。

「あ、ぁあ、だめぇ、そこ……」

意識しないのに悩ましい鼻声が漏れてしまう。

「小さな蕾が、もうこんなに硬くなって。美味しそうだ」

ジークムントが軽く乳首を摘まみ上げる。そのまま、先端を口に含んできた。

「ひゃぁ、ん、んんっ」

痺れる悦楽に、腰がぴくんと浮く。

先ほどは服地越しだったが、今度は直に乳首を咥え込まれ、濡れた舌先がそこを舐め回したり、吸い上げたりしてくると、さらに強い快感が生まれてくる。

「んんぅ、や……ぁ、あ、そこ、もう、そんなに……しないで……ぇ」

乳首を刺激されると、子宮の奥が淫らにうごめき、せつない欲求が生まれてくるのがわかる。

先ほど、ジークムントの手指ではしたなく感じ入ってしまった感覚が蘇って、腰がやるせなくもじついてしまう。

「感じやすいな。ここが真っ赤に熟れてきた」

ジークムントが密やかにつぶやき、乳首をやんわりと歯を立ててきた。じーんと痺れる愉悦が直に子宮を襲ってきて、きゅうっと媚肉が締まった。

「はぁあ、あん、噛んじゃだめ、だめぇ……ぁあ」

先端を甘噛みされるたびに、恥ずかしい箇所が、どんどん濡れてくるのがわかる。

「んんぅ、はぁ、は、や……やぁ、もう……やめて……」

「そんな悩ましい声を出して、いやなものか。もっと舐めてほしいのだろう?」

ペトロネアの顕著な反応に、ジークムントが意地悪い声を出す。

「いやぁ、違います……ぁ、ぁあ、あぁん」

赤面して首をいやいやと振るが、濡れた舌で凝りきった乳首を舐めしゃぶられると、耐えきれない疼きにやめてほしいのに、もっとしてほしいような矛盾した気持ちに支配される。

「真っ赤になって、可愛いな。可愛い。もっと舐めてやろう」

ジークムントは両手で乳房を包み込んで揉みしだきながら、徐々に頭を下へ移動させていく。

身体の曲線を舌で辿り、薄い下腹の小さな臍(へそ)の周囲を舐め回す。

尖らせた舌先が臍の窪(くぼ)みに押し込まれ、抉るように舐めた瞬間、ずきりと子宮が強く慄いた。

「あっ、あっ? だめ、お臍は……っ」

そんな箇所が感じるとは思わなかったペトロネアは、驚きに目を見開いて、びくんと腰を跳ね上げた。

「こんな密やかな窪みが、いいのか?」

ペトロネアの顕著な反応に、ジークムントは嬉しそうに執拗に臍を舐め回してくる。舌がひらめくたびに、ずきずきと媚肉が疼き、どうしようもなく感じ入ってしまう。

「ひゃ、あ、や、だめ、やめてぇ、だめ、辛い……そんなの、あ、あぁっ」

気持ち良いのに、辛い。

刺激を受けた媚肉の奥が、ひくひく蠕動して、愛撫を欲しがっている。濡れ果てている花弁を、その奥をいじってほしいという欲求が高まる。でも、そんなはしたないこと、初心なペトロネアには、到底口にできない。

「……ぁあ、あ、は、いやぁ、もういやぁ……」

息を見出し、甘いすすり泣きを漏らして、与えられる官能の刺激に耐えるのが精いっぱいだ。

焦らしに焦らした後、ジークムントの手が、ようやく太腿の狭間に伸ばされた。

待ち焦がれていたように、両足が緩んでしまう。

「ああ、誘うような甘酸っぱいいやらしい匂いが、ぷんぷんしている」

ジークムントの両手が、ペトロネアの膝を立てさせ、おもむろに左右に開いた。

「あっ」

花弁がぱっくりと綻び、とろりと愛蜜が溢れてくるのがわかる。

自分の恥ずかしい部分が露呈されてしまい、ペトロネアは羞恥に頭がクラクラした。

「いやっ、見ないでください、見ないで……」

とっさに両手で自分の顔を覆ってしまう。

「いや、よく見たい。私がこれから愛する場所を、見せてくれ」

ジークムントの視線が、自分でも見たことのない部分に固定される。

「綺麗だな――赤い花びらが、淫らな露に濡れて、ひくひくしている。ああ、見ているだけでまた蜜が溢れてきたね。私に触れてほしくてたまらないという感じだ」

「いやっ、言わないでください……」

恥ずかしいのに、身体の昂りはさらに増してくる。

ジークムントの視線に晒されただけで、花弁も媚肉も燃え上がるように熱くなり、性的飢えはいやおうなしに責め立ててくる。

と、太腿の狭間に、熱い息遣いを感じ、ハッとして両手を顔から外した。

「や……なにを……？」

抵抗する間もなかった。

ジークムントの濡れた舌が、ひくつく陰唇をそろりと舐め上げたのだ。

「ひ、あぁうっ？」

痺れる快感ととてつもない恥辱に、ペトロネアは甲高い悲鳴を上げてしまう。

そんな箇所を舐めるなんて、ありえない。

「やめて、汚いです……そんなところ、舐めちゃ……っ」

身悶えて、腰を引こうとした。

だが、ジークムントの力強い両手が、ぐいっと両腿を掴んで自分の方に引き寄せてしまう。

「何も汚くない。お前の身体の、どこもかしこも美しい」

彼は股間に顔を埋めると、熟れて膨れた陰唇をくちゅくちゅと卑猥な音を立てて、舐め上げていく。

「はぁ、あ、あ、だめ、あ、ぁ、あぁっ」

熱を持って疼き上がった媚肉を舐め回されると、どうしようもなく心地よく感じ入ってしまい、無意識に全身がびくびく慄いた。

「美味だ。甘露のように甘く、そしていやらしい味がする。ペトロネア、いくらでも舐めてやろう。好きなだけ、感じるといい」

太腿に吹き付けられる乱れた彼の息遣いにすら、甘く感じてしまう。こんな行為、正気の沙汰とは思えない。思えないのに、与えられる快感に逆らえない自分がいる。

「んぅ、あ、はぁ、あぁ、や……ぁ」

せつない声を上げて身悶えていると、彼の舌がじりじりと秘所の合わせ目を探る気配がした。

そこには、触れられるだけで気が遠くなるほど心地よさを生み出す、小さな突起がある。

「あっ、そこだけは、だめぇっ」

ジークムントが何をしようとしているか悟り、両手で彼の頭を抑えようとしたが、間に合わなかった。

彼の舌先がぽってり膨れた秘玉の包皮を剥き下ろし、暴いた赤い花芯に舌を押し付けてきた。

「ひっ……うぅあ、あ、はぁ、あぁぁっ」

激烈な快感が、下肢から突き上がってきて、腰が溶けそうな錯覚に陥る。

「お前のすべては美しく、私を惑わす、ペトロネア。もっとなにもかも、私に晒して見せてくれ」

ジークムントは円を描くようにぬるぬると秘玉を舐め回し、時に軽く咥え込んでは吸い上げてくる。それは、指でされるよりも何倍も心地よく、羞恥を忘れて快楽に耽溺(たんでき)してしまう。

「やぁ、あ、やぁあ、そんなに、しないで……あぁ、あ、だめ、あ、いぁっ……ぁ」

ペトロネアは甲高い嬌声を上げながら、浅ましく腰を揺さぶってしまう。

媚肉の奥から、とろとろと新たな愛液が溢れ出し、ジークムントがそれを音を立てて啜り上げていく。

「愛らしいな、お前の声、身体、濡れた瞳、なにもかもが私を虜にしていく。ペトロネア、私の運命の番、お前こそ未来永劫の連れ合いだ」

ジークムントは熱に浮かされたように愛の言葉をささやきかけては、陰唇にむしゃぶりつく行為を続けていく。ひくついた粘膜からは、粗相でもしたようにとめどなく粘つく淫蜜が溢れてきて、止めようもない。

「はぁあ、あ、いやぁ、もう、だめ、だめに、なっちゃう……あぁ、は、はぁあっ」

秘玉の刺激は我を忘れるほどに凄まじい。

それなのに、隘路の奥は痒いような焦れた疼きに追い立てられ、何かでそこを埋めて擦ってほしいという淫猥な欲求が止められない。

「あぁ、あ、お願い、もう、やめて……許して、あ、だめ、だめに……っ」

口では拒んでいるが、膨れ切った花芽をもっと強く吸い上げて、翻弄する悦楽にけりをつけて欲しくなる。

「お願い……ぁいっ……っ」

頭の中が媚悦でいっぱいになって、思わず気持ちいい、と大声で叫びそうになった。

その気配を敏感に感じ取ったのか、ジークムントが掠れた声でささやく。

「よいか？　気持ちいい？　そう言ってくれ。感じるままに、我慢しないで、正直に――」

ジークムントはいっそう強く秘玉に舌を押し付け、緩急をつけて吸い上げてきた。

得も言われぬ快感の波状攻撃に、ペトロネアはついにがっくりと首を垂れ、甘い啼き声を上げた。

「はぁ、ひ、あ、あ、も……だめ、気持ち、いい……っ、いい……っ」

一度恥ずかしい言葉を口にすると、あとは歯止めが効かず、次々口をついてはしたない声が溢れてしまう。

「よくて……あぁ、たまらないの、あぁ、だめ、いい、はぁ、凄い……」

「私が欲しくなったか？　ここに、私自身を欲しいか？」

ジークムントは、秘裂に溢れた愛蜜を啜り上げ、秘玉から会陰、ひくつく後孔にまで舌を這わせてきた。

「あ、あぁ、そこ、いや、だめ、あ、あぁ、どうして……ぇ、感じちゃう……っ」

羞恥も理性も、激しい愉悦に掻き消されていく。

求めるみたいに腰が前に突き出して、身体中が劣情に燃え上がってしまっていた。

ジークムントが、最後の仕上げとばかりに膨張し切った花芯を強く吸い上げた。

「っ……はぁあっ、あ、あぁあ、あ、あぁああっ」

頭の中が真っ白に染まり、ペトロネアはガクガクと腰を痙攣させながら、絶頂を極めてしまった。同時に、媚肉の奥から、熱いさらさらした液体がじゅわっと溢れ出たのが感じられた。

「やぁ……あ、ぁ……はぁ……ぁ、はぁ……ぁ」

激しい悦楽の余韻に、身体がびくんびくんと小刻みに震える。直後、ぐったりと力が抜けてしまう。

ジークムントがゆっくりと、股間から顔を上げる。

「よかったか？　また達ってしまったね」

ペトロネアは放心状態で、ぼんやりとジークムントを見上げた。

ジークムントが、素早く着ているものを脱ぎ捨てていく。

「今度は、私自身でお前を愛させてくれ」

美しい彫像のような肉体が露(あら)わになる。

軍人らしく鍛え上げられて引き締まった裸体の美しさに、ペトロネアは酩酊した心持ちで見つめていた。

だが、引き締まった下腹部へ視線を落とした途端、そこに反り返っているジークムントの欲望の凄まじさに、一気に正気に戻った。

端整な佇まいからは想像もできないほど、ジークムントの男性自身は禍々(まがまが)しく赤黒く太く屹立(きつりつ)している。

「あ……ぁ？　嘘(うそ)……」

怯えた表情になったペトロネアに、ジークムントは自分の勃起した男根をあやすように片手で握り込んだ。

「そうだ、これが男の欲望だ——初めて見るか？」

こくんと小さくうなずく。

「そうか。これを、お前の中に受け入れてもらう。そうして、一つに繋がるのだ」

ペトロネアは涙目で、ふるふると首を振った。指とは比べものにならないくらい、長大で太い。あんなものが、自分の慎ましい隘路に収まるなんてありえない。

「む、無理……お、大きい……無理です」

ジークムントはせつない表情になる。

「初めては、少し苦しいかもしれない。でも、お前が欲しくて、欲しくてしかたない。お前をずっと探していた。求めていた。お前を抱きたい。お前のすべてを欲しい」

それから彼は、少し恥ずかしげにぽつりと付け加えた。

「私も、一緒に心地よくなりたいのだ」

恐怖と快楽の余韻で混乱したペトロネアの意識の端で、ジークムントの切実な声が胸を打った。

考えたら今まで、一方的にジークムントから与えられる快楽に溺れていた。

でも、男女が睦み合うということは、お互いが気持ちよくなるということだ。

国の頂点に立つジークムントなのだから、一介の侍女など閨で好き放題にすることもできただろうに。彼は己の欲望を優先せず、処女のペトロネアに気を使って、優しく身体をほぐしてくれて快楽へ導いてくれた。

ジークムントの心遣いに、きゅんと心臓が甘くときめく。

未だに運命の番という言葉は信じられないが、彼の誠実さは痛いほど感じられた。

ペトロネアは顔を上げ、何かに耐えるようなせつない表情をしているジークムントを見つめ、おずおずと答えた。

「陛下、来てください……私のすべてを、奪ってください」

言葉の終わりはあまりの恥ずかしさで、目を伏せてしまう。

「ありがとう、ペトロネア」

ジークムントがほっとしたように薄く笑みを浮かべ、ゆっくりと覆いかぶさってきた。

男の長い素足が両足の間に押し入れられ、左右に開かせる。

ペトロネアは両手をジークムントの肩に置いて、息を詰めてその瞬間を待つ。

ジークムントの灼熱(しゃくねつ)の欲望が、ぬくりと綻んだ花弁に押し当てられた。

「んっ……」

傘の開いた先端が、媚肉を割り開くようにして、じりじりと中へ侵入してきた。硬く熱い肉の塊が、狭隘(きょうあい)な入り口をぎちぎちと押し広げていく。

「ん、ん……」

痛みより、緊張とつんと引っ張られるような苦しさに、全身に力が入ってしまう。

ジークムントは腰の動きを止め、深く息を吐く。

「ふ――そんなに力を入れるな。きつくて、押し出されてしまう。力を抜け」

「あ、ぁ……はい……あ、でも……どうしたら……」

生まれて初めての行為なのだ。身体のどこをどうしたらいいのかすら、おぼつかない。

ジークムントは先端で、くちゅくちゅと蜜口の浅瀬を掻き回す。その行為は心地よくて、甘い鼻声が出てしまう。

「ん、ぁ、あぁ、あ、ん……」

「いい声だ。ペトロネア、舌を出せ」

「あ、舌？　こ、こう？」

言われるままそっと舌先を差し出した。

やにわに、ジークムントがその舌先をきつく吸い上げてくる。

「ふぅう、う、んぅっ」

舌が抜けそうなほどの伴う激しい口づけに、意識がそちらに向いた。

その直後、ジークムントが一気に貫いてきたのだ。

「ぐ、ぐぅ……ぅ」

引き攣るような痛みが走り、見開いた目からどっと涙が吹き出した。

悲鳴は口づけで呑み込まれ、ジークムントは容赦なく根元まで剛直を埋め込んでしまう。

「ふ——そら、全部挿入ってしまったぞ」

唾液の銀の糸を引いて、ジークムントが唇を解放した。

「あ、あ、あ」

隘路に目いっぱいジークムントの屹立が埋め込まれている。

痛みより、息が止まりそうな胸苦しさだ。

最奥まで太いものが届いている。

ぴったりと重なったまま、ジークムントは感慨深い声を出す。

「ひとつになったな。ペトロネア、わかるか？　お前の中に私がいるのが」

「あ、ぁ、熱い……」

体内に熱い脈動を感じ、その熱に煽られて処女路が燃え立つようだ。少しでも動くと壊れてしまいそうで、浅い呼吸を繰り返してじっとしていた。そうしていると、苦痛は次第に薄れて、甘い痺れに変わっていく。

「痛いか？　苦しいか？」

ジークムントが耳元で気遣わしげにささやく。

「ん、んん……い、え……」

「そうか。私はとてもいい。お前の中、熱くてきつくてぬるぬるしていて――こんなにも、女性の中はよいものなのだな。初めて知った」

「え……？」

「ずっとずっと探して、待っていた。永遠の番と契りを結ぶ日を――待ち焦がれた甲斐があった」

ジークムントの声が、感に堪えないように震えている。

官能の熱に浮かされたペトロネアの耳孔に、その言葉がさざ波のようにじわりと響き渡った。

心臓がどきんと大きく踊る。

では——彼も睦み合うのは初めてだというのか。

いくらでも浮名を流せる立場にいた彼が、ペトロネアに出会うことだけを待ち焦がれていたというのか。

やるせない感情に、ペトロネアは泣きたいほど心が震えた。

同時に、緊張がほぐれ、繋がっている男の肉体の重みが、この上なく大切に思われた。

ペトロネアはジークムントの背中に腕を回し、ぎゅっと抱きしめる。

「陛下……」

疼き上がった肉洞が雄茎を柔らかく締め付けた。

「く——堪らない。もう、動くぞ、ペトロネア」

ジークムントが低く唸るような声を出し、ゆっくりと腰を穿ってきた。

「は、あ、あ、ぁ、あ」

ペトロネアの中で、熱く脈打った肉棒が突き上げては、引き摺り出され、再び最奥へ挿入される。

「は、あ、激し……ぁ、あぁ、あ……」

狭隘な処女洞を、内側から腹部ごと押し上げられるような激しい動きに、子宮口まで押し開かれている錯覚に陥る。

「ああ、いいぞ、ペトロネア、気持ちよい。こんなにも心地よいことは、生まれて初めてだ。ペトロネア、ペトロネア」

ジークムントは熱に浮かされたようにつぶやきながら、がつがつと腰を打ち付けてきた。

なんと熱く激しく荒々しい行為だろう。睦み合う行為というのは、ペトロネアがうすぼんやりと想像していたものとは、まるで違っていた。

太い先端が最奥を突き上げるたび、頭が真っ白になるような官能の火花が散り、身体がガクガクと痙攣する。

「……はぁ、は、あ、あぁ、あ、ぁあ」

感じ入った膣壁は声を上げると激しくうねって、ジークムントの肉茎をきつく咥え込んだ。

「奥が、吸い付く――ペトロネア、ああ、堪らない、ペトロネア」

激しく抽挿されるたび、溢れた愛液が掻き出され泡立ち、ぐちゅぬちゅと粘着質な卑猥な水音が響く。

熱い、苦しい、でも気持ちいい。

深い、とてつもなく深い喜悦がひっきりなしに襲ってくる。

魂がどこかに吹き飛んでしまいそうだ。

ペトロネアはジークムントの背中にきつく爪を立て、必死で意識を保とうとした。

「も、だめ……あ、だめ、こんなの……っ、すご、い、ああ、すごい……っ」

「感じているか？　気持ちいいか？　ペトロネア。私はものすごく、気持ちいい。この世に、こんな快楽があったなんて――」

ジークムントの息が乱れ、艶かしい声に追い詰められたような響きが混じる。

彼と同じ快感を共有しているのだと思うと、さらに内壁は熱く燃え上がり、小刻みに収斂しては膨れた肉筒を締め付けてしまう。

「はぁ、あ、あ、あぁん、ジークムント様ぁ、ぁあ、あ、はぁぁん」

「よいのだな、ペトロネア。可愛い、可愛いぞペトロネア、これはどうだ？」

ジークムントは腰を大きく押し回し、うねる膣襞を掻き混ぜた。

「やああっ、だめぇ、もう、おかしく……そんなに激しいの、だめぇ」

我を忘れてしまいそうなほどの快楽が、子宮の奥から脳髄まで繰り返し駆け抜ける。

「おかしくなれ、私のことだけしか考えられなくしてやる。もっとだ、もっと感じろ」

ジークムントはペトロネアの細腰を抱えると、がつがつと突き上げてきた。

壊れてしまう。

けれど、もっと壊して欲しい。

これ以上は耐えきれない、やめて欲しい。

けれど、もっとして欲しい。

相反する感情が頭の中でせめぎ合う。

「あ、あぁ、あ、いやぁ、はぁ、あ、だめ、あ、も、もう……っ」

覚えのある熱い愉悦の波が、下肢から迫り上がってくる。

足の爪先にぐっと力が籠もり、内腿がガクガクと痙攣してくる。

「あぁあ、あ、私、もう、もう、だめ、だめ……っ」

背中を大きく仰け反らし、ペトロネアは甲高い嬌声を上げた。全身が強く強張り、ジークムントの男根をきゅうきゅうと断続的に締め付けてしまう。

「く——そんなに締めては——私も、もたない。ペトロネア——っ」

ジークムントの白皙の額から、汗がぽたぽた滴り、ペトロネアの頬を熱く濡らす。

「いい、気持ちいい、こんなによいと知ったら、もうお前を離せない。ペトロネア、もう、私も終わる、出る、出すぞ、お前の中に、奥に、たっぷりと出してやる——」

ジークムントはペトロネアの腰をしっかり抱え直すと、最後の仕上げとばかりにがむしゃらに腰を穿ってきた。

「あ、やぁ、あ、壊れ……あぁ、もう、あ、来る、あ、なにか、来ちゃう……っ」

絶頂の熱い波が子宮にぐんぐん押し寄せ、ペトロネアの意識を攫っていく。

ジークムントがくるおしげに呻く。

「く、ふ、あ、行くぞ、ペトロネア。——っ」

「んんぅ、あ、あ、やだ、死んじゃう……あぁ、あ、んんんーっ、あぁああっ」

ペトロネアは、びくんびくんと腰を跳ね上げ、全身を絞るようにようにして高みに上り詰めた。

瞬間、完全に意識が真っ白になった。

ほぼ同時に、ジークムントが大きく胴震いし、びゅくびゅくと熱い白濁の飛沫を最奥に放出する。

「ぁっ、あ、あ、あ……」

最後の一滴まで注ぎ込むように、ジークムントが、ずん、ずんと、何度か腰を深く打ち付けてきた。

「は――ぁ」

最後に大きく息を吐くと、動きを止めたジークムントの熱い裸体がゆっくりと倒れこんできた。

彼は乱れたペトロネアの髪に顔を埋める。

男の肉体の重みがひどく愛おしい。

「……ぁ、はぁ、は、はぁ……はぁ……ぁ」

全身にどっと汗が吹き出す。

もはや指先一本動かせないほど、力尽きてしまった。

二人はぴったりと重なったまま、荒い呼吸だけを繰り返す。

気だるい疲労感に包まれた肌同士から、伝わる体温が心地よい。

破瓜(はか)したばかりの隘路に包まれた陰茎が、徐々に萎えていくのがわかった。

これで、すべてが終わったのだ。

初めてを捧(ささ)げてしまったが、少しも後悔はない。もはや無垢ではないというわずかな寂しさと、初恋の人と結ばれた高揚感が入り混じって、胸の奥がきゅんとする。

しばらくして、ゆるゆると顔を上げたジークムントは、汗ばんだペトロネアの額の後れ毛をそっと撫(な)で付け、愛おしげな表情で見つめてくる。

「愛している、ペトロネア」

「……陛下……」

自分も言葉に出して伝えたいと思ったが、勇気が出なかった。

ジークムントとこんなことになったのが、まだ夢のようで、言葉にすると非情な現実に引き戻されてしまいそうな気がした。

いつまでもこうやって、抱き合っていたい。

ジークムントが顔を寄せてくる。ごく自然に、口づけを受けていた。

「ん……ふ、ん……」

「可愛いな、可愛い。どうしようもなく、愛おしい。私のペトロネア」

甘くささやかれ、柔らかな口づけを何度も繰り返されると、達したばかりの身体は感じやすく、媚肉がひくりと震えた。

その淫らな動きを察知したのか、ジークムントが含み笑いした。

「もっと、か？」

ペトロネアは耳朶まで真っ赤に染める。

「な……ち、違いますっ」

第一、こんな卑猥で激しい行為が、連続してできるわけがない。本当に死んでしまう。

だが、濡れ襞の中では、萎えかけていた男根がみるみる勢いを取り戻しつつあった。

「あっ？　嘘……」

ペトロネアは驚いて目を見開いた。

「もう、できるぞ」

ジークムントが、ふざけたように軽く腰を動かした。

まだ男の精で埋め尽くされた膣壁が、ぐちゅりと卑猥な水音を立てる。

「んんぁっ」

硬度を取り戻した亀頭で奥を突かれると、はしたない声が漏れてしまった。

「そら、お前ももっと私が欲しいといっている」

ジークムントはゆっくりと、ペトロネアの乳房の間に顔を埋め、ちゅっちゅっと音を立てて肌を吸い上げる。

「さっきは行為をするだけで精いっぱいだったが、次からはもっと楽しめる」

「い、いえ、もう、もう無理です。できません、無理……あっ、ん」

鋭敏になっている乳首を軽く吸い上げられ、思わず艶めかしく喘いでしまった。

「夜は長い。ペトロネア、もっともっとだ。もっと互いの身体を知り尽くそう」

ジークムントがおもむろに腰を振り立ててくる。

「あ、あ、や……だめ、も、しないで……あ、だめ……ぁ、あぁ、あぁ、ん」

ゆったりとした抽挿を繰り返されると、再び膣奥が熱く燃え上がってくる。

刺激を受けた媚肉は、あさましく男の肉胴を締め付けてしまう。

「ふふ、また締まる。お前の中は、ほんとうに素晴らしい」

ジークムントがクスクス笑いながら、次第に腰の動きを速めてくる。

「ふぁ、あ、だめ、も、だめ、しちゃ……あ、はぁ、は、あぁ」

下肢から突き上がる深い愉悦で、頭がくらくらした。

思考が糖蜜みたいにとろりと溶けていく。

気持ちいいことしか考えられない。

「だめぇ、陛下、も、もう……だめになる……っ」

「だめになっていい、ペトロネア、気持ちいいか？　ここは、どうだ？」

「ひぁ、あ、やぁ、あ、あぁ、やぁ……」

「よいか？　気持ちよいか？」

「んんぅ、ん、ん、いぁ、あ、い、いい、気持ち、いい……っ」

ただただ、ジークムントに与えられる快楽に酔いしれた。

その晩、運命の二人は、繰り返し求め合い、絶頂を極め続けたのだ。

ペトロネアには、途中からの記憶がなかった。


下ろした天蓋幕の隙間から、わずかに朝の光が漏れている。

ぬくぬくと温まったベッドの中で、ペトロネアはふわりと覚醒する。

「ん……？」

しばらく、自分がどこにいるのか認識できなかった。

「私……？」

「目が覚めたか？」

ふいにすぐそばで低い声でささやかれ、きゃっと声が漏れた。

全裸のまま、これまた全裸のジークムントの腕の中に抱きこまれていたのだ。

全身が軋むように強張り、下腹の奥にまだなにか挟まっているような違和感があった。

一気に頭がはっきりし、昨夜の出来事の記憶が怒涛のように襲ってくる。

繰り返し睦み合い、どうやら最後には失神してしまったようだ。

どろどろに汗と体液まみれになっていたはずなのに、今は全身がさっぱりとしている。ということは、ジークムントが清拭してくれたということか。恥ずかしい部分まで――。

「やだ、私……ったら」

羞恥に背中に冷や汗が流れた。

「ふふ、どうした？　一人で赤くなって、可愛いぞ」

ジークムントはペトロネアの髪に顔を埋め、愛おしげに息を吸う。

「お前の香りだ。甘くてほんのり太陽の香りがする。良い匂いだ。こうやって、愛するオメガと寄り添って眠り、その安らかな寝顔を眺め、起き抜けの顔つきを楽しむ。至福だ」

「寝顔っ？……も、もう、やめてくださいっ」

一糸まとわぬ姿で狂態を晒したといっても、いぎたなく眠っている姿や寝ぼけた顔など、鑑賞されたくない。恥ずかしくてさらに頭に血が上り、そんな顔を見られたくなくて、思わずジークムントの胸に顔を埋めてしまう。

「ふふ、照れるお前も愛おしい」

ジークムントはクスクス笑いながら、優しく寝乱れた髪を梳った。

彼の素肌から伝わる力強い鼓動とあやすように髪を撫でる仕草に、うっとりとして、多幸感に酔いしれそうになってしまう。

が、ふっと我に返った。ぱっと顔を上げる。

「あっ？　今、何時頃ですか？」

「ん？　日が昇り始めた頃だろう」

「いけないっ——私、行かなくちゃ」

ペトロネアはがばっと起き上がった。

ベッドから素早く飛び降りようとして、下腹部の鈍痛に顔を顰める。そろそろと床に足を下ろし、床を探る。

「制服は、私の着るものは？」

虚をつかれたような顔で、ジークムントが半身を起こした。

「お前のドレスなら、そこの椅子に掛けてあるが——どこに行くと言うのだ？」

ペトロネアは暖炉の側の椅子にかけてある制服を見つけ、それを引ったくって部屋の隅に移動した。そそくさと着替えながら、答える。

「仕事があるのです。私、洗濯当番なのですから——急がないと、婦長に叱責されます」

ジークムントがむくりと起き上がり、全裸のままこちらに歩いてきた。彼は気難しい表情になっていた。

「今日からお前の仕事は、私の側にいることだ」

硬い声を出し、やにわにペトロネアの腕を乱暴に掴んだ。

「痛っ……御無体はおやめください。昨晩のことは、一夜の過ちだったと……」

「過ち、だと？」

掴んでいる彼の手に、さらに力が籠る。

ペトロネアは逃れようと身じろいだ。

「だって……私は一介の使用人に過ぎません。お若い陛下は、魔が差しただけです。でも、私は大丈夫です。お情けをいただいたことを、一生の思い出に……」

「お前は私の永遠の番だと言ったろう。私の言葉を信じないのか？」

怒りを含んだ強い口調に、ペトロネアはびくりと肩を竦めた。

ジークムントひたむきな瞳でこちらを見つめてくる。

「お前は、私が欲望の捌け口に、侍女に手を出したとでも思っているのか？」

その通りだったので、ペトロネアは言葉を失う。

「愛している。お前しかいない。こんな気持ちになったのは、お前だけだ」

あまりに真っ直ぐな、真っ直ぐすぎる言葉。

「……」

ペトロネアは魂を吸い込まれたように、その場に立ち尽くす。

と、その時だ。

寝室の扉の外で、言い争う男たちの声が聞こえてきた。

「ホーカン公爵閣下。陛下からのお許しがあるまで、ここはどなたも入れません」

護衛兵の硬い声。

「馬鹿を申すな。私は亡き前皇帝の弟だぞ。ジークムントは私の身内だ。通せ」

少し居丈高な野太い声。

ジークムントはかすかに眉を顰めた。

「――ふん、叔父上か。ちょうどいい」

ジークムントはペトロネアの手を離さないまま、ずんずんと扉の方へ向かった。

「あ」

引(ひ)き摺(ず)られるように、彼の後ろから付いていく。ジークムントは全裸のまま平然としている。

そう言えば、身分の高い貴族は裸体を晒すことに抵抗がないらしい、と聞いたことはあるが。

「私の後ろにいろ」

そう声をかけてから、ジークムントは扉の内鍵を外し、やにわに押し開いた。

廊下で言い争っていたらしい、護衛兵たちとホーカン公爵と呼ばれた男が、驚いたように振り返る。

ホーカン公爵は、派手な刺繍(ししゅう)を施した上着を羽織った、小太りで大仰な口髭(くちひげ)を生やした壮年の貴族だった。マニキュアを施した太い指には大きな宝石の嵌(はま)った指輪をいくつもはめ、見るからに裕福で身分が高そうだ。

「叔父上、早朝から何事です」

「陛下。なんでも、陛下が女性を寝室に招き入れたとの噂を得ましてな。取るものもとりあえず、飛んできた次第です」

ホーカン公爵は不遜にも、背伸びをして寝所の中を覗き込もうとした。

長身でたくましい体躯のジークムントは、半歩前に出て、ホーカン公爵を見下ろした。

「お耳が早いのですね。私の個人領域に、叔父上の息がかかった者でもおるようですね」

冷ややかな声で言われ、ホーカン公爵は僅かに後ずさりする。

「何を言うか。城内には、口の軽い者もいるということだ」

「まあいい。確かに、私はその女性と契りを結びました」

ホーカン公爵が目をぎょろっとさせ、裏返った声を出した。

「なんですと？　昨夜の花嫁選びの儀で、誰かお眼鏡にかなった女性がおりましたのか？」

ジークムントは肩越しに振り返り、ペトロネアを扉の前に引き出した。

「ぁ」

ホーカン公爵の前に押し出され、緊張で身が竦む。ジークムントは、そんなペトロネアの両肩を優しく抱きかかえ、ホーカン公爵に言い放った。

「この娘だ。ペトロネア・アウグストン。この城で洗濯係をしていた。彼女こそ――私の永遠の番だ。ペトロネアにはオメガの印がある。私はこの娘と、昨夜結ばれた」

ホーカン公爵の顔からみるみる血の気が失せる。

「な、なんですと？」

ジークムントはさらに平然と続けた。

「私はペトロネアを妻とする。正式な皇妃としてだ」

「こ——皇妃？」

ホーカン公爵の顎ががくんと落ちて、彼は愕然(がくぜん)としたように立ち尽くしている。

ペトロネアも呆然として、思わずジークムントを見上げてしまう。

ジークムントは愛おしげに目を眇める。

「当然だろう？　私たちは永遠の番になったのだから」

本気なのか？

本気なのだ。

ペトロネアは嬉しさよりも困惑が先に立ち、表情を固まらせてしまう。

ホーカン公爵は、気を取り直したように一気にまくし立ててきた。

「陛下、血迷われたか？　お若い陛下が、若く美しい侍女にそそられることは、一向に構いません。いやむしろ、これまで女性に一顧だにしなかった陛下が、行動に移られたことは喜ばしい限り、しかし、皇帝家の慣例と掟(おきて)というものがございます」

「うん、その慣例に従い、私はオメガの彼女と、ヒート期間にあたる向こう七日間、寝所に籠る『巣籠りの儀』を行う。では、後は、叔父上を含めた私の有能な臣下たちにお任せする」

ジークムントは平然と言ってのけ、ペトロネアの腰を抱き寄せて背中を向ける。

「陛下！　お聞きください、陛下！　きちんと皇族の血筋のオメガの令嬢たちと、段階を踏んだお見合いをして――」

　ホーカン公爵ががなりたてるが、ジークムントは後ろ手で扉を閉めてしまう。

　扉が閉じる直前、ホーカン公爵がボソリと小声で吐き捨てた。

「――妾（めかけ）の息子が！」

　ペトロネアの耳にはその言葉が届き、ハッとしてジークムントの顔を伺う。彼は聞こえなかったように、顔色ひとつ変えず、さっさとベッドの方へ向かう。

「あ、待って、待ってください、陛下」

　ペトロネアは足を踏ん張って、立ち止まろうとした。

「ん？　なんだ？　腹が空いたか？　なんでも食べたいものを言えば、用意させるぞ」

　ジークムントは穏やかに聞いてくる。ペトロネアはふるふると首を振った。

「いえ。先ほどのお言葉です。私を皇妃にするとか――正気ですか？」

「正気も正気、私はいたって真剣だ」

　ジークムントは顔を振り向け、まっすぐ視線を絡めてくる。

　その瞳があまりに澄んでいるので、ペトロネアは気圧（けお）されてしまう。

「で、でも、私は身分も財産もなく、しかも皇族の出ではありませんし、正式な淑女の教育も受けていません。私など選んでは、陛下の権威に関わります」

　必死で言い募るが、ジークムントは顔色ひとつ変えない。

「それがどうした。私はお前を選んだ時から、腹を決めている。私の権威などどうでもよい。それより、お前の気持ちだ」

「わ、たしの気持ち……？」

「そうだ。私は全身全霊で、お前を愛し守ろう。お前はどうだ？　私の永遠の番として、私についてくる覚悟があるのか？」

「覚悟……」

どう答えていいのかわからない。昨夜出会ったばかりで、怒涛のようなジークムントの情熱に押し流されている。一夜の甘い夢だと思えばこそ、耽溺できたのだ。

「私は……」

口ごもっていると、ふいにジークムントは花が綻ぶような艶やかな笑顔を浮かべた。

「まあいい。おいおい聞こう。今はただ、お前を抱きたい。お前と睦みたい。お前と気持ちよいことばかりをしたい」

彼はふわりとペトロネアを抱き上げると、ずんずんとベッドに歩いていく。

「あ……」

「お前は私のことだけ考え、私だけを見ていればいい」

彼の柔らかな唇が、ペトロネアの耳朶に押し当てられる。

「んっ」

擽ったさに甘い刺激が混じっていて、ペトロネアはぴくりと肩を竦めた。

「ふふ、お前は耳が弱い。もっともっと、お前の感じやすい箇所を探し当ててやろう」

熱い息遣いとともに、ちゅっちゅっと耳裏や首筋に口づけされると、ペトロネアの身体の芯はみるみる妖しく溶けていく。

「んぁ、あ、や……め、ぁ、ぁあ……」

「そら、もうそんな甘い声が出る。ヒート期のお前が、私の愛撫から逃れられるはずもない」

唇が奪われる。

「ぅ……ん、ふぅ、んんぅ」

ジークムントの濡れた舌先が唇を舐め回し、強引にそこを割り開いて侵入してくる。分厚い舌が口腔を掻き回し、溢れる唾液を啜り上げられると、ペトロネアの頭は快感で酩酊してしまう。

「……ふぁ、んんん、んっ」

舌が搦め捕られ、唾液ばかりか意識まで吸い上げられてしまう。

「ふふ、可愛いな。もう身体が熱くなって、目が潤んで。可愛すぎる」

恍惚とした表情で見つめられ、ペトロネアはあっという間に、ジークムントの凄まじい欲望に巻き込まれてしまう。

その日から七日間、ジークムントは食事と睡眠時間以外は、ひたすらペトロネアを抱き続けた。ペトロネアもまた、凄まじいまでの悦楽の波に巻き込まれ、数え切れないほどの絶頂を極めてしまったのだった。

第二章　アルファと蜜月

熱狂の七日間は怒涛のように過ぎた。

七日目の早朝、二人はごくごく穏やかな目覚めを迎えた。

ペトロネアのヒート期が終わったのだろうか。昨日までの取り憑かれたような劣情や興奮状態から、解放されたような気がする。

今は、すべてを出し尽くした甘い疲労感に浸っていた。

ジークムントはペトロネアを腕枕で抱きかかえながら、ぼんやり天蓋を見上げている。

やがて彼は、気だるげにつぶやく。

「──ペトロネア。私は今日から公務に戻らねばならぬ」

「ええ、そうなされた方がよろしいです。『巣籠りの儀』が過ぎても、これ以上ここにお籠りになるのは、陛下の評判によいことはございません」

「お前は賢いな。そうだな、愛欲に溺れた堕落した皇帝だと、噂されるだろうな」

「そ、そこまでは言っていません」

「ふふ」

濃密な一週間を過ごした二人の間には、確かな心の結びつきができているような気がした。

ジークムントは名残惜しそうに手を外し、ゆっくりと起き上がった。

「私は早朝の御前会議に出席してくるが、お前はゆっくりと寝ていろ」

ペトロネアは首を振って、自分も身を起こした。

「いいえ、私だけのうのうとしているわけには――」

床に下りてガウンを羽織っていたジークムントが、ちろりと視線を投げてくる。

「なんだ？　まだ洗濯をしに行くというつもりか？」

「い、いいえ……」

ペトロネアもガウンに着替えながら、この一週間、交わりの合間に、胸の奥で考えていたことをまとめようとしていた。

――ペトロネアには、隠し事があった。

それは皇帝家に深く関わることでもあり、到底ジークムントには言えるものではない。

実は、ペトロネアは伯爵家の娘である。

とある事件をきっかけに、家は没落し取り潰された。

両親は早世し、没落した伯爵家に残された幼いペトロネアと二つ年下の弟のヨーランを、引き取ろうと言う親戚はいなかった。そのため、二人は孤児院に入れられたのだ。

当時、孤児を引き取る家庭には、国からの優遇措置があった。

姉弟は節税目当ての商人の家に養子に取られ、そこで使用人同然の酷(ひど)い扱いを受けた。

働ける歳になると、ペトロネアは弟を連れて養親の家を出て、二人で寄り添うように暮らした。

頭の良かった弟は、国立大学校に飛び級で合格し、ペトロネアは弟に仕送りするために、皇城の洗濯係の仕事についた。

その間ずっと、養親の姓を名乗っている。

でも、ペトロネアの心の中には、伯爵令嬢としての誇りが宿っていた。

常に品格を失わぬよう。失われた伯爵家の名に恥じない気位を胸に秘めて。

この一週間で、ジークムントの愛情が少しも揺るがないことを悟った。国の最高権力者である彼から、逃れることなどできそうにない。

ジークムントを、すでに深く愛し始めてもいた。

それならば、ペトロネアも心を決めなくてはいけないと思った。

腰紐(こしひも)をきゅっと結ぶと、深く息を吸い、ジークムントに顔を向けた。

「陛下、お願いがあります」

ジークムントが笑みを浮かべる。

「良いぞ。欲しいものならなんでも与えよう」

「では――私に教師を付けてください」

「教師？」

ジークムントが意外そうに目を瞬く。

「はい。私は皇帝家のことも、貴族社会のしきたりもマナーも、この国の成り立ちも、城内の作りすらろくに知りません。こんな私が、陛下のお側に仕えることなど、周囲は身の程知らずの哀れな女だと思うでしょう。そんなこと、到底耐えられません。陛下の足手まといには、なりたくないのです」

ジークムントは表情を正し、じっとこちらを見つめてくる。

ペトロネアは出すぎたことを言っているかもしれないと思いつつ、必死で言葉を紡ぐ。

「陛下のお気持ちが変わらない間は、私はあなた様にふさわしい女性になるように、努力したいのです」

ジークムントは美麗な顎を反らした。

「私の気持ちは変わるわけがない」

「……し、失礼しました」

すると、ジークムントは蕾が開くように艶やかな笑顔になった。

「では、一生の努力だな」

「は……?」

「私は生涯お前のそばにいるからな。お前の覚悟、しかと受け止めた」

生涯なんてまだピンとこない。でも、ジークムントが自分の気持ちを受け入れてくれたので、胸を撫で下ろした。

「マナーでも勉学でも、最高の教師をつけてやる。美容も健康も、一流の管理者を探そう。お前を最高に磨き上げてやる。周囲が、お前こそ皇妃にふさわしいと、認めざるを得ないようにしてやる」

強い言葉に感動しつつも、少しだけ引いてしまう。そこまでなれる自信はまだない。

「そ、それは、大げさでは……」

「なんだ、お前は偉そうな口をきいて、逃げ腰になるな。私が選び愛した乙女だ。最高の女になるに決まっている。いや、今のままのお前でも私は構わぬが、お前の意気込みに心打たれた」

ジークムントが表情を引き締めた。

「お前は思っていた以上に、よい女だ。一秒ごとに愛情が深まる」

生真面目に言われて、耳朶まで血が上る。

「陛下……」

「では、私の方からもひとつ、願いがある」

「なんなりと、陛下」

ジークムントは一呼吸間をあけてから、少し声のトーンを落とした。

「私も――名前で呼べ」

「え？」

「敬語など使うな。私たちは対等な関係だ。名前で呼んで欲しい」

「そ、そんな、恐れ多い……」

「呼んでくれ」

畳みかけて言われ、胸がきゅんと甘く痺れた。天下の皇帝の願いが、こんなささやかで心に迫るものだなんて。

「ジ……ジークムント様」

ドキドキしながら小声で名前を呼ぶ。

ジークムントは軽く目を瞑った。

「もう一度、もっとはっきりと」

「ジークムント様」

「よい響きだ――では、晩にまた会おう」

ジークムントはゆっくりと瞼を上げ、扉を開いて出て行った。

「ふう……」

一人残されたペトロネアは、急に気が抜けたようになり、ベッドの端に腰を下ろした。対等な関係と言われ、皇帝に愛されるという責任感が、ずしりとのしかかってくるようだ。

一時間あまり後、扉がノックされ、外からハキハキした若い女性の声が聞こえた。

「失礼します。ペトロネア様。入ってもよろしいでしょうか？」

「は、はい」

素早くガウンの前をきつく合わせて、立ち上がる。

扉が開くと、ぞろぞろと十人ほどの女性たちが入ってきた。

皆、皇帝付き侍女の青い制服を着ている。一番前にいた、扉越しに声をかけたらしい侍女が進み出て、恭しく頭を下げた。

「皇帝陛下により、今日付けでペトロネア様専属の侍女に拝命されました。私は、侍女頭のメリッサと申します。なんなりと、ご用命ください」

メリッサはペトロネアと同い年くらいの、赤毛でそばかすの浮いた愛嬌（あいきょう）のある顔立ちの娘だった。よく見ると、居並んでいる侍女たちは皆、二十歳前後のペトロネアと同世代の若い娘ばかりだ。ジークムントが、古参の侍女ではペトロネアが萎縮してしまうだろうと、気遣いをしてくれたのに違いない。

「ありがとう、メリッサ。私は先日まで、お城の片隅で洗濯係をしていた身なの。ジークムント様の周囲のことは、なに一つわからないから、どうか、いろいろ助けてちょうだいね」

メリッサは顔を上げると、聡明（そうめい）そうな青い目をくりくりさせた。

「ああ、ついに陛下が運命の出会いを果たされたのですね。ペトロネア様をお選びになるなんて、まるでおとぎ話のよう。なんてロマンチックでしょう」

「そんな大げさなものでは――私の身は、陛下のお気持ち次第ですもの。いつまでここにいられるかもわからないし」

するとメリッサは、キッと顔を引き締める。

「いいえ、陛下は、これまでの年功序列のお城の制度を改められ、身分性別年齢に問わず、才能のある者や働きのよい者は、取り立ててくださいます。私たちは皆、下働きから昇格させていただいた者ばかりです。私たちはそんな陛下を心より尊敬しております。陛下は、物事の真実を見極めるお方です。陛下がお選びになったペトロネア様に、間違いなどありませんとも」

若い乙女らしく頬を染めて意気込んで話すメリッサに、ペトロネアは少し圧倒される。

そう言えば、最下級の洗濯係だった自分も、洗濯の腕を見込まれて、皇帝専用の洗濯係に取り立てられたのだ。あれもジークムントの政策のおかげだったのだろう。

確かに彼は、歴代の皇帝とは一線を画している。

ジークムントとなら、ペトロネアの困難であろう先行きにも、希望が持てる気がした。

「よろしくお願いしますね、皆」

ペトロネアが心を込めて言うと、メリッサの鼻息がさらに荒くなる。

「お任せください！　では早速、ペトロネア様を部屋にご案内しましょう。急なので、まずは貴賓室にお入りになってください。専用のお部屋は、後日陛下よりお達しがございます。身を清め、ゆっくりお食事を摂り、綺麗に身支度しましょうね」

ペトロネアはうなずいて深呼吸した。

新しい人生の一歩を踏み出したのだ。


「――ですから陛下、例の娘は側室という扱いで側仕えにしたらよろしい。代々、アルファの皇帝は色を好む者。側女が何人いても、誰も咎め立てたりはしません。つきましては、次の満月の日には、再度『花嫁選びの儀』を執り行いましょう」

皇帝専用の執務室で、書き物机で書類を読み耽っているジークムントの側で、さっきからホーカン公爵がくどくどと言い立てている。

ジークムントは机に積み上がった未決済の書類の山を見て、かすかにため息をついた。

皇帝の位に就いてから、ジークムントは一日も休暇を取らず、働きづめに働いてきた。

ペトロネアと巡り合い、始めて七日間の休みを入れたのだが、その間に片付けねばならぬ懸案が山積みになっている。

ヴァルデマール皇国は、長年レンホルム家の男子が皇帝となり治めてきた。

代々の皇帝はそれなりに優秀で、国情は安定しているが、一系支配の澱みは生まれている。

政治に関わるあらゆる部分に、癒着と迎合が起こっている。

アルファの皇帝が皇家血族のオメガの女性を正妃に選ぶしきたりも、その一因だとジークムントは感じている。もちろん、アルファがオメガにしか欲情しない体質では、それもやむなしだと思ってきたが、一部の公爵家からのみ正妃を選ぶというのが、暗黙の了解になっている。

例えば、今横でがなり立てているホーカン公爵の家も、代々正妃や側室を輩出してきた。

ホーカン公爵には、十八歳になる年頃のオメガの長女がいる。

彼がその娘をジークムントに選ばせようとしているのは、火を見るよりもあきらかだ。

皇帝と縁戚になれば、その家には相当の利権と権力が手に入るからだ。

これまで、ジークムントは政治、軍事、国策に関する旧態依然とした無用な法律やしきたりを、出来うる限り改革しようと苦慮してきた。

それは、たやすいことではなかった。若輩の皇帝と、甘く見る年配の高級貴族も相当にいるし、保守派の多い貴族議会から、反発に遭うことも多い。

しかし、ジークムントには高い志があった。

国をもっともっと良くしたい。新しい風を吹き込みたい。

自分が正統な後継でなかったという立場だったからこそ、物事を俯瞰(ふかん)して見ることができたのだ。

これまでは孤独に戦ってきた。

だが、今は違う。

愛しいペトロネアがいる。

正式な後継ではなかったジークムントに、永遠の番と神が定めた女性は、やはり正統なオメガではなかった。彼女と生き行くことは、きっと新しい国への理想に向かうことなのだ。

真実の愛を得た時、こんなにも身の内に新たな活力が漲(みなぎ)るのだと知った。

自分の生き方が間違っていないと、ジークムントは確信していた。

「ですから陛下、きちんとした手続きを踏みまして——聞いておられますか？　陛下？」

物思いに耽っていた耳に、ホーカン公爵の甲高い声が煩わしい。

「うん、聞いている。わかった。手続きを踏む」

ホーカン公爵が、ほっと息を吐く。

「おわかりになりましたか」

「ああ」

ジークムントは書類にサインをし、新たな書類を手にしながら言う。

「では今夜、晩餐の後に、主だった臣下たちと貴族議会の重鎮たちを広間に集めてくれ。社交婦人会を取り仕切る淑女の面々にもおいで願おう。無論、叔父上もいらしてくれ」

「は？」

怪訝そうなホーカン公爵に、ジークムントは顔を振り向けた。

「ペトロネアを公に披露する。彼女を私の正妃にすることを、皆の前で宣言すればいいのだろう」

「っ――」

ホーカン公爵の喉が、ひくっと嫌な音を立てた。

「用事は済んだ。私はまだ片付けねばならぬ書類が山とある。叔父上、ご退出願いたい」

ジークムントは書類に目を落とし、片手を軽く振った。

「――御意」

ホーカン公爵が地を這うような低い声で返答し、そのまま無言で退出した。

ジークムントは書類に集中しながら、かすかに笑みを浮かべる。

早くペトロネアに会いたいと思うと、自然と仕事の手も早くなる。

生きがいを得ると、どんな困難も最後には喜びに辿り着くものなのだと、初めて知った。

「――ねえ、どこかおかしくはない？」

姿見の前で全身をくまなく確認しながら、ペトロネアは何度目かの質問をメリッサにする。

「とんでもございません。完璧な仕上がりです。どこから見ても、最高の貴婦人ですよ」

メリッサは力強く答えた。

「そう――だといいけれど」

ペトロネアは鏡の中の自分と目を合わせた。

もうすぐ、ジークムントが迎えにやってくる。


仮の部屋として案内された皇帝専用の貴賓室は、豪華なホテルの一等室のようだった。

広い応接室の壁紙は鶴模様の浮き出た落ち着いたオフホワイト、大理石の大きな暖炉、床一面に細かい刺繍の施されたふかふかの毛織の絨毯が敷き詰められ、チェストやキャビネットなどの調度品は緻密な金細工に縁取られたオーク材仕立て、高い天井からは、キラキラ光るクリスタルのシャンデリアがいくつも下がっていて、夜でも煌々（こうこう）と部屋を明るく照らし出す。

寝室は別室で、ここにも暖炉が設（しつら）えられ、天蓋付きの格調高い大きなベッドが置かれている。

食堂も洗面所も浴室も別々だ。

湯が並々と張られた浴槽は泳げるくらい大きい。

小さな木のベッド一つでいっぱいいっぱいだった侍女部屋から、突然こんな豪華な部屋に連れてこられて、ペトロネアは呆然としてしまった。

そんなペトロネアを、メリッサたちはてきぱきと世話をしていく。

恥ずかしがる暇も与えず全裸にされ、浴槽で数人がかりで全身をバラの香りのする石鹸で洗われた。隅々まで綺麗にされると、真新しい絹の部屋着に着替えさせられ、十数人で食事ができそうな広い食堂を独り占めにして、豪勢な食事を摂った。

これまでは、使用人たちが使う大食堂で、パンにスープと卵か魚料理が一皿の慎ましい食事を給されていたのに、パンだけでも数種類、飲み物も新鮮なミルクから高級ワインまで欲しいものはなんでも出され、前菜から始まるいく皿もの野菜、肉、魚料理、デザートには焼きたての甘いパイにアイスクリームが添えられるといった、口にしたこともない豪勢な料理の数々に目を見張ってしまう。

どの料理も皇帝付きの一流料理人の手によるもので、舌が蕩けそうなほど美味だった。

腹が満たされると、マッサージ室に導かれ、長椅子に横にさせられて念入りに全身に保湿クリームを塗り込まれ、マッサージされ、爪を整えられる。

その後、化粧室で身支度が始められた。

ペトロネアは化粧台に向かって、椅子に座っているだけだ。

メリッサを筆頭に侍女たちはクローゼットいっぱいのドレスや装飾品の中から、どれが一番ペトロネアに似合うかを侃侃諤諤で検討した。

最後に選ばれたのは、艶を抑えた深い赤色のナイトドレスだった。滑らかな素材で仕立てられたドレスは、無数のドレープが歩くたびにさざ波のように優雅に揺れる。

袖無しで襟ぐりが深く、まろやかな乳房の谷間を大胆に見せるデザインだ。こんな肌を露出するドレスなど着たことがなくて、二の足を踏んでしまう。

だがメリッサたちに強く勧められ、意を決してそれを着用した。

背中まで波打つ豊かな金髪は、丁寧にくしけずられ、ペトロネアの希望で、サイドだけ複雑に編み上げ、残りは首筋を隠すように後ろへ梳(す)き流した。

うなじにあるというオメガの印を露出することには、気後れがあったのだ。

髪飾りやイヤリング、ネックレスなどの装飾品は、ドレスと同じ色のガーネットで統一した。

生まれて初めて、化粧を施された。

白い肌を生かし、薄化粧風だ。目元にピンクのアイシャドウを薄く引かれ、ほんのりと頬紅(ほおべに)をはたき、唇にだけ艶やかな真紅の口紅をさす。

ペトロネアは鏡の中の自分が、みるみる垢抜(あかぬ)けて華やかに変化していくのを、魔法でも見ているように呆然として見ていた。

「見事な仕上がりです、ペトロネア様」

すべての支度を終えたメリッサが、感嘆したように声を上げる。

「……これが、私なの?」

ペトロネアは別人のように美しくなった姿に、声が震えてしまう。

「やはり、もともとがお美しいから、少し手を加えただけなのに、見違えるよう。こんなに気品に溢れて美麗な貴婦人はどこにもいらっしゃいません、私たち一同、鼻が高いです。陛下は絶対に、気に入られますよ」

メリッサが興奮して意気込み、侍女たちも全員目を輝かせてうなずいた。

「そ、そうかしら……」

城内で、数多の高級貴族の貴婦人たちに接してきたであろうジークムントの目に、付け焼き刃で着飾った自分がどう映るだろうか。

彼を失望させたくない。

執務が詰まっているというジークムントは、晩餐の後に部屋を訪れるということだった。

何度も鏡の前でドレス姿をチェックしているうちに、化粧室の扉が力強くノックされた。

「ペトロネア、入るぞ」

「あ、はい」

メリッサたちは、すばやく壁際に身を引いて頭を下げる。

さっと扉が開き、ジークムントが大股で入ってきた。

「ひとりにしてすまなかった。片付けねばならぬ懸案が山積みで――」

言葉の途中で、ジークムントは口を噤んでしまう。

彼は穴があくほどペトロネアを凝視している。

無言とその視線が威圧的で、ペトロネアは思わずうつむいた。

「あの……精いっぱいおしゃれしたのですが、ダメでしたか？」

おずおず尋ねると、ジークムントは我に返ったように目を瞬いた。

「いや――その、あまりに美しくて、見惚れてしまった」

「え……」

ジークムントはつかつかと近づくと、目の前でさらにつくづくといった風に見つめてくる。

「眩（まぶ）しいくらい美しい。肌は東洋の陶器のように滑らかで、スタイルも群を抜いている。私の目に狂いはなかった。いや惚れ直すぞ、ペトロネア。最高だ」

手放しで絶賛され、返って気後れしてしまう。

そんなジークムントの姿と言えば、引き締まった身体にぴったりした金モールのついた純白の軍服に身を包み、颯爽（さっそう）として美麗だ。

艶やかな銀髪を額を出して後ろに撫で付け、少し大人びて見える。腰にきりりと巻いた青いサッシュに金のサーベルを差し、長い足にはぴかぴかに磨き上げられた革のブーツを履いて、背筋をしゃんと伸ばして立っている。全身に少しも隙がない。

絶世の美男子とは彼のことを言うのだと思う。ペトロネアの方こそ、見惚れてしまう。

ジークムントは壁際に並んでいるメリッサたちに、声をかけた。

「よくここまで仕上げてくれた。さすがお前たち全員、私が厳選した侍女たちだ。これからも、ペトロネアを頼むぞ」

「勿体無（もったいな）いお言葉です、陛下」

ペトロネアの前では陽気で気さくな感じのメリッサが、かしこまってさらに頭を低くする。皇帝の前で緊張しているが、ねぎらいの言葉をかけられた侍女たちの顔は一様に輝いている。こう

いう時にも周囲への気配りを忘れないところに、ジークムントの支配者としての才を感じる。

ジークムントがさっと右手を差し出した。

「ではペトロネア、行こうか」

その手に自分の右手を預けながら、ペトロネアはかすかに首を傾けた。

「ど、どちらへ？」

「大広間だ。城内の地位ある者たちが集まっている」

「!?」

衝撃を受けて声も失っているうちに、さっさと部屋から連れ出されてしまった。

先導する護衛兵たちの後から廊下を進みながら、ペトロネアはやっと気を取り直した。

「あの……ジークムント様、大広間で、何をなさるというのですか？」

正面に顔を向けたまま、ジークムントはこともなげに言う。

「今から、お前を披露するのだ。私の永遠の番を、皆に見せてやる」

ペトロネアは唖然(あぜん)として、口ごもった。

「そ、そんな急に……こ、心づもりが……」

「善は急げと言うだろう。なんだかんだと周囲から横槍(よこやり)が入る前に、先手を打つ。なに、お前は無言でにっこりすればいいだけだ」

脈動がにわかに速まってきた。

ジークムントが強引で気早(きばや)な性格だとわかってはいたが、ここまでとは思わなかった。

「ま、待って、待ってください。急すぎます、私には無理です……」

必死で懇願するが、ジークムントは聞く耳を持たない。中央階段を下り、一階の廊下のとっつきの観音開きの扉の前まで、引き擦られるようにして連れてこられてしまう。

扉の前で立ち止まったジークムントは、おもむろにこちらに顔を振り向けた。今まで見たこともない厳しい顔つきだ。

「お前は努力すると私に言った」

鋭い口調に、ペトロネアはハッと胸を突かれる。

「あれは嘘か？　お前の私に対する気持ちは、それほど軽いものだったのか？」

「……」

「私は覚悟ができている。お前を得るためなら、世界中を敵に回してもかまわない。最後まで戦う。何を恐れている。お前の最高にして最強の味方が、すぐ隣にいるではないか」

真摯な言葉に、ペトロネアの心がきゅうっと甘く痺れた。

そうだ――ジークムントがいる。

自分の覚悟など、なんと頼りなくちっぽけなものだったろう。

ペトロネアは深呼吸し、顎をキッと引いた。

「申し訳ありません。取り乱したりして。でももう、大丈夫です」

ジークムントの顔が、柔らかくほぐれた。

「その意気だ。お前は時々、驚くほど高貴な表情をする。その顔つきを忘れるな」

「はい」

「よし、では扉を開け」

ジークムントの命令に、待機していた護衛兵たちが、さっと左右に扉を開いた。

「っ――」

真昼のような光の洪水に、思わず目を瞬いた。

大広間の、吹き抜けの高い天井から無数に下がったシャンデリアの光だ。大理石の床は顔が写りそうなほど磨き上げられ、壁面は一面鏡張りだ。

その大広間に、大勢の男女が待ち受けていた。百名はくだらないだろう。

彼らは扉が開くや否や、一斉に恭しく頭を下げる。

「待たせたな」

ジークムントは広いフロアの隅々まで響き渡る声を出し、ペトロネアの手が添えられている右腕に軽く力を込めた。そして、ペトロネアにだけ聞こえる声でささやく。

「行くぞ」

「はい」

緊張していたが、恐怖はなかった。

二人は足並みを揃えて、前に進んだ。

広間の一番奥に設えた階に、玉座が二つ並んでいる。

そこへ向かってしずしずと歩いていく。

最敬礼している男女は、ひと目で裕福な高級貴族や官僚とわかる立派な身なりをしている。

階を上ると、ジークムントが椅子の一つをペトロネアに引いてくれる。

腰を下ろすと、隣の椅子にジークムントは姿勢良く座り、一同に重々しく言った。

「突然の呼び立てに応じてくれ、感謝する。皆の者、面を上げよ」

ざっと音がしたかと思うほどの勢いで、人々が顔を上げ、一斉にペトロネアを見た。

ほおっとあちこちからため息が漏れ、空気が動いた。

好奇心、嫌悪、非難、批判――様々な感情の入り混じった視線が、身体中に突き刺さるようだ。

「――」

ペトロネアは息が詰まり、身体が強張る。

彼らの目つきには、好意的なものは少しもないのように感じた。衆人環視の的になったことがないので、さすがに心臓がばくばくしてきた。

ジークムントの手がさりげなく伸びてきて、きつく膝の上で握りしめていたペトロネアの手の上に置かれた。その温かい掌の感触に、いくらか気持ちが落ち着いてくる。

ジークムントは手をそこに置いたまま、朗々とした声で言った。

「ここにいるのは、私のオメガの相手、ペトロネア・アウグストン令嬢である。私はここに、彼女を正妃とし、永遠の愛を貫くと宣言する」

どよっと人々がざわめいた。そのざわめきの響きは、驚きと困惑に満ちている。

「失礼ながら、陛下。よろしいでしょうか？」

階に一番近い場所にいたホーカン公爵が、片手を上げた。

「なんだ？　発言せよ」

ジークムントは鷹揚に答える。

ホーカン公爵は甲高い声を張り上げる。

「先ほど、貴族議会と社交婦人会の方々と討議しました」

「それで？」

「これは異例の事態です。お若い陛下が、どのようにその女性にたぶらかされたかは存じませぬが、皇帝の婚姻には、貴族議会の承認が必要です。皇帝家の伝統をないがしろにするような婚姻は、到底認められないというのが、満場一致の意見です」

まるでペトロネアがジークムントを誘惑したかのような言い方に、屈辱で胸がぎゅっと締め付けられた。

だがジークムントは平然としている。

「そうか」

「そうです」

ホーカン公爵は、どうだとばかりに胸をそびやかす。

「なるほどな」

ジークムントは、椅子に深くもたれた。余裕すら感じさせる態度だ。

「それならば、私は退位するまでだ」

人々が息を呑み、その場の空気が凍りつく。

ペトロネアすら唖然とした。

「な、なんとおっしゃる」

ホーカン公爵が真っ青になる。

「ペトロネアと結婚できないのなら、私は皇帝の地位を捨てるまでだ。一貴族の結婚ならば、貴族議会の承認もいらぬからな。それでよいか?」

場内が水を打ったように静まり返った。

ジークムントはおもむろに立ち上がった。

「では、話は終わりだ」

彼はペトロネアの手を引いた。

「行こうか」

ペトロネアは手が小刻みに震えてくる。

そんな馬鹿なことが——大陸の覇者である「銀の狼皇帝」が、身分も財産もない小娘のためになにもかも捨ててしまうというのか。

「だめ……」

ペトロネアが口を開こうとするが、ジークムントはかすかに首を振ってそれを押しとどめた。

刹那、ペトロネアは彼になにか意図があるのだと悟った。

唇を引き締め、ゆっくりと立ち上がる。

二人で階を下りようとした瞬間、人々の中から声が上がった。

「お待ちください、陛下！」

白い髭(ひげ)をたくわえた立派な身なりの高齢の男性が、転げるように前に進み出てきた。

「なんだ、タマル議員長」

タマル議員長と呼ばれた男性は、ホーカン公爵に何事か耳打ちした。ホーカン公爵が、忌々しげにうなずく。

タマル議員長は取り成すように言った。

「この婚姻の件、再度議会で議論し直します。ですから、それまでどうかお待ちください。早計な判断で、道を誤らないでいただきたい。陛下以外に、この国を治めるにふさわしい人物はおられないのですから」

ジークムントはわが意を得たりとばかりに答える。

「無論だ。では、今宵は解散だ。皆のもの、ご苦労であった。行くぞ、ペトロネア」

促され、ゆっくり階を下りると、その場のいる全員が恭しく頭を下げた。

その中を、二人で悠々と通り過ぎていく。

待ち受けていた護衛兵たちが素早く扉を開き、大広間を後にした。

背後で扉が閉まった途端、ペトロネアの足からへなへなと力が抜けてしまう。

「しっかりしろ」

ジークムントが素早く腰を抱きかかえて支えてくれた。

今さらながら、心臓がドキドキしてくる。

「よくやった。堂々として気品があって、あそこにいた者たち全員が、感銘を受けていたのがはっきりわかった。侍女上がりの小娘と見くびっていた輩は、ど肝を抜かれたろう」

ジークムントは満足げだ。

ペトロネアには、非難しか感じられなかった人々の眼差しを、ジークムントはそう受け取っていたのか。どちらの判断が正しいのかわからない。

「ど、ど肝を抜かれたのは、私の方です」

ペトロネアは消え入りそうな声で訴える。

「退位などと、あんな無茶なことを……」

「ふん。事情を先に知った叔父上が、貴族議会に働きかけるのは目に見えていたからな、目には目を、だ」

ペトロネアはため息を吐く。

「心にもないことをおっしゃって、一瞬どうしようかと思いました」

ジークムントは面白そうな表情になる。

「無論、はったりだ。退位する気なぞさらさらないが、お前が瞬時に私の意図を察したのには、驚かされた。お前は本当に聡い。腹も据わっている。やはり、最高の番だ」

そこまで賛美されることではないが、あの時、目を見ただけでジークムントの真意がわかったのは、自分がオメガでジークムントとの絆が深いせいだからだろうか。

ぼんやり考えていると、やにわに横抱きにされた。

「あ」

「正装姿のお前は初めて見たが、本当に美しい。あらためて惚れ直すぞ」

ジークムントは人目もはばからず、廊下の真ん中でペトロネアの額や頬に口づけをしてくる。

「ぁ、いけません、こんな所で……」

「わかった。すぐに寝所に直行だ」

大股で歩き出すジークムントに、ペトロネアは焦った。自分のヒート期は終わっているはずだ。

「あ、あの……今夜も、ですか？」

「無論だ」

「で、でも、私のヒート期は次の満月の日からでは？」

ジークムントは妖艶な笑みを浮かべる。

「永遠の番となったからには、もはやヒートなど関係ない。私はいつだってお前を抱きたい」

「そ、そんな……」

あんな激しい交合を毎晩されたら、身がもたない。思わず身体を強張らせると、ジークムントはその気配を察したのか、生真面目な表情で顔を覗き込んできた。

「いやか？」

「あの……」

ジークムントの気を悪くさせたくなくて口ごもると、さらに気遣わしげな表情になる。

「お前の嫌がることはしたくない。負担になることもさせたくない。では、今夜は抱くのは諦める」

ほっとしたのもつかの間、ジークムントは独り合点したようにうなずく。

「今宵は、お前だけ気持ちよくしてやろう」

「え？　ええっ？」

結局行為はするのか。

「安心しろ、お前はなにもせず、横たわっていればいい」

「――」

ペトロネアは言葉を失ってしまう。

そのまま寝所に連れ込まれてしまった。

ベッドに直行され、ジークムントは高価なドレスを無造作に剥いでいく。

「あの、あ、待って……」

止めるすべもなく、あっという間に全裸にされ、仰向けに横たえられた。

ジークムントは素早くシャツ一枚になると、ペトロネアの腰を抱え込んで膝を大きく開かせた。

彼に向けて秘部が露わになり、全身がかあっと熱くなる。

「あっ、あ、やだ、見ないでください」

「心配するな、気持ちよくしてやると言ったろう」

ジークムントはペトロネアの両脚をさらに開かせ、優美な顔を股間に寄せてきた。

彼の熱い息が、隠部を淫らに擽ぐる。

「っ？　ジークムント様、何を？　あ、やめ……」

　本能的に男の意図を察して身を硬くしたが、ジークムントはかまわず震える陰唇に口づけしてきた。陰部を舐められる行為には、未だに慣れない。

「っ、きゃ、あ、やめて……っ、汚い……」

　面映ゆい快感が媚肉を疼かせ、ペトロネアは思わず腰を引こうとした。だが、力強い腕で足を抱きすくめられ、引き戻された。

「汚いものか。お前のすべては、美しい。この密やかな花びらが、震えながら甘酸っぱい蜜を吹き出すのも、たまらなく美味そうで、そそる。赤く色づいて、綺麗だぞ」

　ジークムントは熱に浮かされたような声を出し、濡れた舌で綻びかけた秘裂をゆっくりと舐め上げてきた。

「あ、そ、そこは、舐めちゃ……ぁ、あ、ぁあ」

　滑らかな舌が、潤んだ蜜口を這い回り、くちゅくちゅと卑猥な音を立てて掻き回してくる。

　恥ずかしくて淫らな行為なのに、与えられる快感に、全身があっという間に昂り、肌が熱を帯びる。疼く陰唇を舌で丁重に舐め上げ舐め下ろされると、どうしようもなく感じ始めてしまい、びくびくと内腿が震えた。

「ああいやらしい香りが強くなってきた。感じているか？　可愛いペトロネア。お前の淫らで美しいここを、もっと味わわせてくれ」

　くぐもった声とともに、ジークムントは濡れてきた淫襞にさらに舌を這わせてきた。

「う、んぅ、あ、や、だめ……あ、あん」

ふっくら膨れて鋭敏になった粘膜は、あさましく舌のうごめきに悦んでしまう。

「蜜が溢れてくる。甘露だ。美味だ、もっと、もっと気持ちよくさせてやる」

ジークムントはじゅるじゅるといやらしい音を立てて愛蜜を啜り上げ、さらに鋭敏な尖りを舌先で探り当てた。

「ひうっぅ、あ、やあっ、そこは、だめぇ……っ」

びりびりと雷で打たれたかのような凄まじい愉悦が走り、ペトロネアは背中を仰け反らせて淫らに喘いだ。

ジークムントは舌先で秘玉の包皮を剥き下ろし、露わになった花芯に強く舌を押し付けてきた。舌がひらめくたびに、どうしようもない喜悦が下肢から迫り上がってきて、両足から力が抜け、求めるみたいに腰を突き出してしまう。

「んんぅ、んん、ん、はぁ、だめぇ、やあ……っ」

舐められるまでは、恥ずかしくてたまらないのに、一度心地よくなってしまうと、拒絶することも忘れて艶かしい鼻声を漏らしてしまう。

と、ジークムントは、充血しきった秘玉をちゅうっと音を立てて口腔に吸い上げた。

「ひ――ひ……っ、うぅーっ……」

刹那、目も眩むような鋭い喜悦が背筋から脳芯を貫き、ペトロネアは腰をびくんと大きく跳ねあげたまま目を見開いた。

ジークムントは花芽を強弱をつけて繰り返し、吸い上げた。

「いやぁあ、あ、いやああ、あ、あ、あ、だめ、あ、達くっ……っ」

瞬く間に絶頂に追い上げられ、ペトロネアはくるおしく泣き叫びながら頭をいやいやと振り立てた。すでに達したというのに、ジークムントは容赦なく、舌先で秘玉を転がしてはさらに強く吸い立ててくる。

「ああもう、あ、達ったの、あぁ、達ったからぁ……っ、お願い、やめてぇ……」

一点への強い刺激は、悦楽とともに苦痛も生み出し、ペトロネアは目尻から涙をぽろぽろ零して訴える。

しかし、どんなんやめてと泣き喚いても、ジークムントは執拗に口腔愛撫を繰り返す。

「はぁ、は、んんっ、あ、あ、だめ、だめに……あ、は、はぁあ」

もう限界だと思うのに、子宮の奥はさらなる刺激を求めてじんじんと疼く。

奥を埋め尽くして欲しくて、はしたなく腰を揺すりたてそうになる。

数え切れないくらい舌戯で達かされてしまい、意識が酩酊してくる。下肢から完全に力が抜けた。

「あ、あ、だめ、あ、出ちゃう、あ、出ちゃうっ、だめぇえ」

どうっと熱い愛潮が、媚肉の奥から吹き出して、ジークムントの顔をいやらしく濡らした。しかし彼は戸惑うことなく、溢れた蜜潮を音を立てて啜り上げる。

「……あ、あぁ、あ、やだ……こんなの……やぁあ……」

ぐったりとして甘くすすり泣くペトロネアに、股間から顔を上げたジークムントが、満足げに言う。

「よかったか？　ずいぶんと感じたようだな？」

「い、意地悪……こんな、恥ずかしい……こと、何度も」

雌の本能を剥き出しにされて、恨めしげに彼を睨（にら）もうとするが、潤んだ瞳は誘うように揺れるばかりだ。

「花びらがひくひくしているな。奥に欲しくなったか？」

「いえ、いいえ……」

真っ赤に上気した顔をふるふると振る。

「正直に欲しいと言え。大丈夫だ、今宵はお前だけを悦ばせてやる。指で達かせてやろう」

ジークムントは人差し指と中指を揃え、くちゅりと蜜口の浅瀬を掻き回した。

「あ、ああん」

硬い指の感触に、疼き上がった淫襞が刺激を待ち焦がれて蠕動する。無意識に腰を突き出してしまうが、彼の指は焦らすように入り口だけをまさぐっている。

「や……もっと……」

思わず口走ってしまい、かあっと頭に血が上った。

「ん？　もっと、何だ？　言ってごらん」

ジークムントが誘うように甘い声を出す。

「う、うう……」

浅い箇所ばかり刺激されると、逆に肉体が物足りなさに飢えてしまう。

「……おね、がい……」

羞恥に声が震えるが、もう一刻も早く深く達かせて欲しかった。

「もっと、奥に……指を……ください……奥を」

「くちゅくちゅして欲しい？」

「あぅ……くちゅくちゅ、してください……」

もはや恥もてらいもなく、はしたない言葉で求めてしまった。

「普段は慎ましいお前が、そんないやらしいこと口にするのが、たまらなくそそる、可愛いぞ、可愛くてたまらない——いいぞ、お前の欲しいものをやろう」

ぬくりと揃えた指が、媚肉の奥へ押し入ってきた。

「はぁ、あ、ああ……ん」

熱く滾った濡れ襞を擦られ、満たされる悦びに悩ましい声が漏れる。

ジークムントの長い指が根元まで突き入れられ、ゆっくりと抜け出ていき、再び最奥まで挿入される。最初はゆったりとしたリズムだったそれが、次第に速度を増してくる。

ぐちゅぐちゅと卑猥な水音が絶え間なく聞こえ、その強い感触にペトロネアはさらに甲高い声で叫んでしまう。

「あ、あぁ、あ、奥……ぁあぁ、あ、いい……ぁあ、いい……」

子宮口まで突き上げられ、与えられる快感に媚肉がきゅうきゅう収斂して、ジークムントの指を強く喰んだ。

「締まってきた——よいのだな、ペトロネア。ここはどうだ？」

ジークムントは、子宮口の少し手前あたりのふっくらした箇所を指でぐぐっと押し上げてきた。

そこはペトロネアがどうしようもなく感じて、乱れてしまう部分だ。深く耐え切れないほどの媚悦が襲ってくる。

「あああぁっ、あ、達く、そこ、あ、達っちゃうっ」

ペトロネアは絶頂の予感に、大きく腰を浮かせ、四肢を突っ張らせた。

「あ、あ、あ、やぁああ、やぁ、だめ、も、あ、やぁあっ」

指先が官能の源泉に触れるたび、腰がびくびく痙攣し、息が詰まる。

「あ、あ、も、だめ……あ、また、出ちゃう……あ、だめぇ、出ちゃうっ」

ペトロネアはあられもない悲鳴を上げ、激しく達してしまう。

全身がぴーんと強張り、同時にぴゅっぴゅっと大量の愛潮が吹（ふ）き零（こぼ）れた。

しかしジークムントは、快感の余韻に浸る間も与えず、ぐちゅぬちゅと愛潮を泡立てるように、指の抜き差しを続けた。

「いやぁあ、いやぁ、あ、だめ、あ、またぁ……っ」

絶頂の上書きをされ、ペトロネアは法悦のただ中で、さらに断続的に透明な潮を吹いてしまう。

「もう、もう、だめ、許して……いやぁ、もう、達きたく、ない……のぉ……っ」

終わらない快楽は責め苦に繋がると、身をもって知った。

「やぁ、もう、いやぁ、いやぁあ……」

目尻からせつない涙がぼろぼろ溢れ、肩で息をしながらしゃくりあげた。

ジークムントは、ようよう指の動きを止めた。彼はゆっくりと指を抜き取った。

そしていたわるように、びくついているペトロネアの身体をそっと抱きしめ、汗ばんだ額や頬に口づけを繰り返す。

「際限なく達してしまうお前は、本当に素直で可愛い。感じすぎて子どもみたいに泣きじゃくるお前も、愛おしい。なにもかも、可愛い。ペトロネア、愛している」

「……はぁ、は……ぁ、あ、ジークムント様……ぁ」

数え切れないほど達かされて、まだ身体がふわふわ宙に浮いているような気がする。

一人で乱れに乱れてしまい、ジークムントが少し恨めしい。でも、こんなふうに優しく抱きしめられると、過剰なほど愛されているという実感が素肌越しに直に感じられて、胸が熱くなる。

ジークムントへの愛おしさが深まっていく。

同時に、心の奥底に押し隠している秘密が重くのしかかってくるような気がした。


翌日から、ペトロネアの皇城での新しい生活が始まった。

ジークムントは最速でペトロネアの新しい私室を用意してくれた。ジークムントの私室の向かいの部屋だ。

今までいた貴賓室でも、一流ホテルのように豪華だったのに、それに輪をかけて広く贅沢(ぜいたく)な部

屋だ。身に過ぎるからと辞退しようとしたが、

「将来の皇妃になる者が、みみっちいことを言うな。器量を大きく持つことも必要だ」

と、ジークムントにひと言で片付けられてしまった。

そして彼はペトロネアの願い通りに、歴史や語学、マナーからダンス、声楽に到るまで、一流の教師を手配してくれた。

昼は、食事と休憩時間以外は、組まれた時間割り通りに、授業やレッスンを受けた。

なにもかもが初めてのことで、学ぶべきことは幾らでもあった。

でも、これまで弟のために働くことだけに専念してきたペトロネアは、それが楽しくてならない。

若くて好奇心と向学心に満ちた頭脳は、乾いた大地が雨水を吸い込むように知識を吸い込んでいく。

そして、毎晩のようにジークムントに激しく抱かれ、濃密な快楽を身体に覚え込まされていく。

ジークムントから、溢れるような甘い言葉をささやかれ、舐めるように全身をくまなく愛されると、なにもかも忘れて悦楽だけに溺れてしまう。こんな悦びを知ってしまったら、もう無垢なころの自分には戻れない。

なによりペトロネアが心奪われるのは、普段は怜悧（れいり）で威厳があり人々が恐れ敬う「銀の狼皇帝」が、ペトロネアの前でだけは、驚くほどに繊細で優しいことだ。時には大型犬のように手放し甘えてくることもあり、それが愛おしくてならない。

貴族議会は、ジークムントの婚姻について議論を戦わせているようだが、まだ結論は出ないで

いる。だがジークムントが泰然自若としているので、ペトロネアもそれに寄りかかって余計なことは考えないようにしていた。

最初のひと月は、夢のように過ぎてしまった。

――満月も近い、或る夜のことだ。

ベッドで熱く身体を繋げ終わり、ジークムントとペトロネアは、生まれたままの姿で抱き合い、官能の余韻に浸っていた。

乱れた呼吸が落ち着くと、ジークムントはペトロネアから腕をほどき、ごろんと隣に横になった。

「――ふう」

彼は少し疲れたようなため息を吐き、眉間の間を指で揉みほぐす仕草をした。

ジークムントのその様子に、ペトロネアはそっと声をかける。

「目が、お疲れですか？」

「ああ、いささかな。今日はいつもの倍、書類を読んだ。週明けは、国中の民達からの直訴状が届くのでな。私はどんなささいな文書でも、自分で目を通すことにしているのだ」

一国の頂点に立つ彼は、常に激務なのだろう。それなのに、ペトロネアに対する気遣いを忘れない。それが心苦しい。

今の自分は、ジークムントからの愛や庇護を一方的に受けているだけだ。少しでも、彼の愛情に応えたい。

ペトロネアはおもむろに身を起こすと、遠慮がちに申し出る。

「あの……私が少しお揉みしましょうか？」

「お前が？」

「はい、よろしければ」

「それはありがたいな。頼む」

ジークムントは身体をずらし、ペトロネアの太腿の上に頭を乗せてきた。まるで甘える子どものようだ。そういう仕草が、きゅんと胸を甘く疼かせる。

ペトロネアは両手でそっとジークムントの瞼を覆った。

「いかがですか？」

「温かくて心地よいな」

ペトロネアは、ゆっくりと眉間の周囲を指で揉みほぐす。

「疲れると、目の周りの血の巡りが悪くなるそうです。そういう時は、温かい布などを目の上に乗せるとよいのですが、それだとすぐに冷めてしまいます。私の手は、常人より少し温かいようで、弟が受験勉強で疲れた時などに、よくこうして目を揉んで上げたものです」

「――お前に、弟がいるのか？　今は、どうしている？」

「公立の大学の寄宿舎に入って、勉強しております」

「そうか、お前の弟もお前に似て賢いのだな」

「いえ、私なんか――弟は幼い頃から利発で、学校の試験もいつも一番で……」

ペトロネアはしみじみ、弟ヨーランのことを思い出していた。

このひと月あまり、怒涛のように人生が激変して、大事な弟のことすらろくに念頭になかったことを、少し後ろめたく思った。

それと、今の自分の立場を、ヨーランにどう説明していいかわからないでいる。

とある理由から、ヨーランは皇帝家に良い感情を持っていない。もし彼が、ペトロネアが現皇帝の情けをもらっていることを知ったら、どう思うだろうか。

それを考えると、胸の奥が鉛でも呑み込んだように重くなる。

「お前は養女と聞いているが、身内はその弟だけか？」

「はい……両親は私が小さい頃に、流行病で亡くなりましたから」

「ああ、昔大流行した伝染病だな。あれで、前皇帝家も壊滅寸前になったからな」

「……あの、ジークムント様のお父上——前皇帝陛下は、どのようなお方でしたか？」

思わず尋ねていた。

ジークムントが怪訝そうに尋ね返した。

「父上か？　なぜだ？」

ペトロネアは余計なことを言ったと思った。

実は前皇帝こそが、ペトロネアの生家に深くかかわる人物だったので、図らずも口をついて出てしまったのだ。慌てて取り繕う。

「あ、いいえ。私の父は記憶にある限りでは、お人好しでしたが優しい人でした。母も穏やかで思い遣り深い方でした。たまに、今でも健在ならいいのに、と思う時があります。ジークムント様も、そうなのかしら、と思っただけで……」

「そうか——お前の両親は、愛情深い方々だったのだな」

ジークムントはしみじみした声を出し、そのまま無言になってしまった。

なにかいらぬことを口走ったのだと、ペトロネアは内心うろたえた。

知らずに手の動きが止まっていたのだろう。ジークムントがそっとペトロネアの手を外し、目を開いた。

「疲れたろう。もうだいぶ回復した。すまぬな」

「あ、いいえ……」

ジークムントはゆっくりとペトロネアの太腿から頭を下ろし、仰向けで天蓋をじっと見つめていたが、ふいにぼそりとつぶやいた。

「私は、生前の父上のことを何も知らぬ」

「え？」

「私は生まれてすぐに、母上から引き離され、辺境の別荘に追いやられたからな。父上は一度たりとも、私を訪れることはなかった」

「……」

「私が皇帝となるべく首都に戻った時は、父上はすでに墓の中であった。母上も、私を生んですぐに産後の肥立ちが悪くて亡くなられたので、私は両親の顔も声も知らぬよ。まあ、そういうことだ」

ジークムントはことともなげな感じで、いい放つ。

「……」

ペトロネアは無造作な口調に、かえってジークムントの心の傷の深さを感じ、胸が掻き毟られる。

ジークムントが庶子で、本当は皇帝の後継の位置にいなかったことは、皇帝家の歴史についての授業の時に教えられた。流行病で前皇帝一家が死に絶えてしまい、一人生き残っていた直系のジークムントが、急遽皇帝に迎えられたのだと。ただ、彼が庶子のせいか、この部分の事情はさらりと流されてしまった。詳しい事情は知らない。

だが、ペトロネアにすら両親に愛された記憶があるのに、ジークムントにはそれが皆無だと知り、心がきりきり痛んだ。どれほど孤独な少年時代を送ってきたのだろう。

「ごめんなさい……いらぬことを尋ねました」

しゅんとして謝ると、ジークムントはこちらに顔を振り向けて、そっと顔に手を伸ばして触れてくる。

「謝ることではない。私はむしろ、自分の奇遇な人生に感謝しているくらいだ」

「え……？」

「もし、前皇帝一家が健在なら、私は今、ここにいない。成人になったら辺境のどこかの神殿に行かされ、そこで聖職者として一生を終えるはずだった。神に仕える身は、妻帯を許されていないので、死ぬまで独り身だったはずだ。愛のひとかけらも知らぬ、なんとも侘しい人生だったろう」

「……」

「だが、生き残ったアルファの皇太子だったおかげで、皇帝の地位につけられた。否応無しの人生に、以前は運命を呪ったこともある――だが、お前に出会った」

「……」

「永遠の番に会えた」

「……」

「これまでの、私の孤独も苦悩も、すべてお前に出会うためにあったのだと思うと、納得できる。私は父上になんの恨みもない」

「……ジークムント様」

「生まれてきてよかった――今は心からそう思う」

「ジークムント様」

せつなさと愛情で胸がいっぱいになり、涙が溢れてくる。

ジークムントが柔らかく微笑む。

その美麗な笑顔に、うっとりと心酔してしまう。

「愛している」

もう何度となく聞いた言葉なのに、今日初めて聞いたように心臓が高鳴る。

応えたい。

この深い愛に応えたい。

愛おしいと思う。

でもまだ、口にできないでいた。

胸の底に澱のように溜まったわだかまりが、それを拒んでいた。

数日後。

昼過ぎに、書斎で外国語の教師について授業を受けている時だった。

「——ペトロネア様、お勉強中失礼します。ちょっとよろしいですか？」

メリッサが、声を潜めて部屋に入ってきた。いつもの明朗な彼女と違い、心配そうな表情だ。

彼女はペトロネアにだけ聞こえるように、ヒソヒソ声で耳打ちする。

「あの……先ほどから、門前でペトロネア様の弟だと名乗る若い男が、面会を希望しています。門番の兵士たちに追い払われても、いっこうに帰る気配がございません。私は騒ぎになるとペトロネア様にご迷惑かと、一応その男を門脇の控え室に待たせておきました。いかがいたしましょうか？」

ペトロネアはどきんと心臓が跳ね上がった。

「え？」

大きな声を出しそうになり、慌てて小声で返す。

「名前は？」

「ヨーラン・アウグストンと名乗っております」

「ヨーラン……」

これまでは、仕事の休みの日に、ペトロネアからヨーランの寄宿舎を訪れて、面会するのが常だった。皇城は警備が厳しく、一般人は許可証なしでは入れないからだ。会えば、姉思いのヨーランは、自分のために身を粉にして働くペトロネアをいつでも思い遣ってくれた。

ジークムントと情を交わしてからは、身辺が慌ただしいのと、今の状況をどうヨーランに説明していいか迷っていたので、この二ヶ月ばかりは彼への面会には行けないままだった。

それにしても、わざわざヨーランの方から出向いてくるなんて、何かよほどのことがあったに違いない。

「わかりました。私の客間へ通してあげて」

「かしこまりました」

メリッサは素早く書斎を出て行った。

ペトロネアは外国語の教師に、緊急の用事ができたということで、授業を打ち切らせてもらい、手早く身支度を整えると客間へ向かった。

悪い予感がした。

脈動が速まる。

客間の扉の前で立ち止まって息を整えた。

そっと扉を開けると、奥の暖炉の側に向こう向きで、ひょろりと背の高い金髪の少年が立っていた。質素な紺色の上着とズボンは、ペトロネアが手縫いで作って送ったものだ。間違いなく、弟だ。

「ヨーラン……」

声をかけると、ヨーランがくるりと振り向いた。

知的で端整な彼の顔が、怒りに満ちている。

「姉上——ずいぶんとご立派なお部屋にお住まいだ。お召し物も、とても洗濯女の着るものとは思えない贅沢なものですね」

皮肉交じりの冷ややかな声に、言葉に詰まる。

「あの、ヨーラン、私……」

ヨーランは抑揚のない声で、一気呵成に言った。

「僕の学級に、高級貴族の子息が通っている。そいつは口の軽いやつで、最近皇帝陛下が愛人を手に入れたようだという噂を吹聴していた。その愛人は、若くて金髪の洗濯係をしていた侍女だと。僕は衝撃を受けた。まさか、姉上ではないだろうと。でもここのところ姉上からの連絡も途絶え、僕は疑心暗鬼になった——止むに止まれぬ気持ちで、ここまで来た。そして、姉上をひと目見て、噂は真実だと悟りました」

ペトロネアは必死で言い繕おうとした。

「お願い、聞いてちょうだい。これには事情が……」

ヨーランは、ペトロネアの言葉を断ち切った。そして声を張り上げる。

「レンホルム前皇帝は、我がケルナー伯爵家を取り潰した張本人ではないですか！」

「……」

「いわば、皇帝家は我が家の仇。姉上はそれを承知で、現皇帝の愛人になられたのか？」

ヨーランの目が憎悪で見開かれている。

ペトロネアは何も言い返せない。

それは事実だったからだ。


まだ、前皇帝のレンホルム二世が健在の頃だ。

生家のケルナーは、中流貴族だが由緒ある格式の高い伯爵家だった。

両親は強く愛し合い、子どもたちのことも情愛深く接してくれた。ペトロネアは二歳年下の弟ヨーランと共に、幸せにすくすくと育っていた。

それは、ペトロネアが五歳の時だ。

夏に、皇帝主催の大舞踏会が催された。

両親も招待されて出席した。

その席で、前皇帝はこともあろうに、ペトロネアの母に懸想したのだ。

母はごく普通の男爵家の出自で、オメガではないはずだ。それなのに、前皇帝は異常に母に執着した。母を手に入れようと、あらゆる手段に出たのだ。

前皇帝は、父伯爵に母と離婚するように迫った。

母を深く愛していた父は、それを拒んだ。

それが前皇帝の逆鱗に触れた。

父は突然、身に覚えのない反逆罪で捕らわれ、獄に繋がれた。父は無罪を訴え続けたが、獄中で病死してしまう。そして、前皇帝の命令で、ケルナー伯爵家は、財産をすべて没収されてしまった。

失意の母は、当時首都で流行していた伝染病に斃れた。

残された幼いペトロネアとヨーランを、親族の誰もが引き取りを拒んだ。叛逆の汚名を着せられた家の子どもたちに、関わりたくなかったからだ。そのため、二人は貧しい孤児院へ入れられた。

やがて、姉弟は節税対策のために商人の家に養子として引き取られたが、そこでは使用人としてこき使われ、ろくな食事も与えられない酷い扱いを受けた。

ペトロネアは働ける歳になると、すぐにヨーランを連れて養親の元を離れた。

その後、頭の良かったヨーランは飛び級で国立大学の奨学生になり、ペトロネアは彼に仕送りするために皇城の洗濯係の仕事を得たのだ。

まだ両親に愛された記憶があるペトロネアはまだしも、当時は幼かったヨーランにとっては、もの心がついたときには両親は他界していて、孤児として辛い目にあうだけの人生だった。

世が世なら、由緒ある伯爵家の跡取り長男として、なに不自由なく成長していただろう。

ヨーランの皇帝家への恨みは、ペトロネアとの比ではなかった。

彼は立身出世して、いつかケルナー伯爵家の名誉を回復し、家を再興させることだけを目標に、勉学に励んでいた。

それなのに、たった一人の姉が皇帝の愛人になったと聞いて、どれほど衝撃を受け失望しただろう。

いつもは穏やかで優しいヨーランが、人が変わったように恐ろしい表情でペトロネアを睨んでくる。

「答えてください、姉上。姉上は、両親の無念を、僕たちの受けた苦しみをお忘れになったのですか？」

ペトロネアは焦りながら、混乱した思考を纏（まと）めようとした。

皇帝家に恨みがないといえば嘘かもしれない。でも、それは今は亡き前皇帝の暴挙のせいだ。

辺境の地に追いやられていたジークムントには、あずかり知らぬことだ。

彼だって皇帝家に生まれたばかりに、過酷な運命に翻弄されてきた。

ペトロネアにはどうしても、ジークムント自身を憎むことなどできなかった。

「違うわ、お父様やお母様のことを忘れたことなんかない。あなたのことだって、いつも心に思っている——でも……」

「でもなんです？　無理矢理（むりやり）に皇帝に陵辱されたのですか？　それならば、なおさら許せない！」

「ち、違う……私は、私は……望んでこうなったの」

「なんですって？」

ヨーランが唖然としたように声を失う。

ペトロネアはどう自分の気持ちをわかってもらえるか、必死だった。

「私……お慕いしているの、ジークムント様を……」

「――」

ヨーランは押し黙ってしまう。白けた目でこちらを見ている。

彼の軽蔑の眼差しに、ペトロネアはやるせなくて涙が溢れてくる。

「どうか、わかってちょうだい……」

「いいえ、もういいです。わかりました」

ヨーランが抑揚のない声で答えた。

「え？」

「要するに姉上は、権力と欲望に屈したんだ。そういうことですね」

「いいえ、違うの、そういう意味じゃ……」

「もうけっこうです。たった今から、僕たちは姉弟ではありません、他人だ。もう仕送りはしないでください。面会や手紙もいりません」

ヨーランはペトロネアを押しのけるようにして、戸口に歩き出した。彼はさっと扉を開け、部屋を出た。

「ま、待って、ヨーラン、お願い、聞いて……」

ペトロネアは追いすがろうとしたが､その前に扉はバタンと大きな音を立てて閉じてしまった。

「ヨーラン……」

ペトロネアはへなへなと床に頽れてしまう。

この世でたった一人の身内であるヨーランから絶縁を言い渡され、絶望感に嗚咽が込み上げてくる。だが、侍女たちに気取られたくなくて、口元に拳を押し当てて声を抑えた。

『要するに姉上は、権力と欲望に屈したんだ』

ヨーランは容赦ない言葉を投げつけてきた。

それに反論するすべがない。

ジークムントに心を寄せているのは確かだ。

だが、それは自分がオメガであるせいで、劣情と愛情を取り違えているのかもしれない。

ジークムントの眼差しやため息ひとつで、全身が甘く蕩けてしまうのは、愛ではなく欲望のなせるわざなのかもしれない。

それでも――。

自分で自分の感情が掴みきれない。

大事な弟を傷つけて、平気でいられるはずもない。

ジークムントから離れたくない。

失いたくない。

彼を渇望している。

どうしたらいいのだろう。

たった一人の身内であるヨーランから見捨てられ、城内はペトロネアを快く思わない者たちで溢れている。

この先に待ち受けるたくさんの困難な道程を思うと、ペトロネアは身が竦んでしまう。一介の侍女として仕事に精を出し、弟を支援し慎ましい暮らしを送っていたあの頃が、もう遠い昔のようだ。

あの頃に戻れれば――。

床に蹲（うずくま）ったまま、長いこと立ち上がれなかった。

『私は覚悟ができている。お前を得るためなら、世界中を敵に回してもかまわない』

ふいに頭の奥で、ジークムントの力強い声が蘇る。

「……ジークムント様」

声に出して名前を呼ぶと、少しずつ身体の内に活力が蘇ってくる。

ペトロネアはのろのろと立ち上がった。

もう、ジークムントと出会う前の自分に戻れはしない。

ジークムントのように強くはないし、自信もない。でも、彼と生きることを選んだ。

ペトロネアは深呼吸し、目尻に溜まっていた涙をそっと拭う。

前だけを向いていこう。胸を張ってジークムントへ愛を告げられる日がくれば、その時こそ、ペトロネアの生き方が間違っていなかったのだと確信できるはずだ、誠実に生きていれば、いつか、ヨーランにも理解してもらえる日が来るかもしれない。

どこに、こんな気力が残っていたのだろう。

これまでは、人生を諦めきって、ヨーランの成長だけが生きがいだったのに。

今は世界中から孤立無援になっているのに、なにも諦めていない。

その時、「運命の番」という言葉が、しみじみと理解できた。

そうだ。出会ってしまえば、惹かれ合わずにはいられなかった運命なのだ。

ジークムントこそが、運命そのものだったのだ。ならば彼を受け入れ、生きていこう。

ペトロネアは、暖炉の上に置いてある呼び出し鈴を振った。

鈴の音が響くと、扉の外ですぐにメリッサの声がした。

「はい、ご用でしょうか？」

「次の時間の、家庭教師の先生をお招きして」

「あの——いつも通りにして、よろしいのですか？　今日はお休みになった方が——」

聡いメリッサは、突然のヨーランの訪問から、ペトロネアになにかあったのだろうと察しているようだ。

「大丈夫よ。私はやるべきことをやらなくては」

ペトロネアは自分に言い聞かすように答えた。

第三章　試練を越えて

「来週、社交婦人会で、定例の未婚の淑女を集めてのお茶会が開かれるそうだ」

二人きりの昼餐の席で、食事を終えたジークムントが、ナプキンで口を拭いながら世間話のように切り出した。

ジークムントはどんなに多忙でも、食事は必ずペトロネアと共に摂るようにしてくれた。

ペトロネアはその日あったことや授業で習ったことなどを、つれづれに話す。彼女の他愛ない話でも、ジークムントは主に聞き役に回って熱心に聞いてくれる。

お付きの侍女たち以外、まだ知り合いも友だちもいないペトロネアへの、彼の気遣いだろう。

その優しさに甘えて、ペトロネアはとりとめのないことを好きなだけしゃべることができた。

ただ――先月に、弟のヨーランが訪ねてきた件だけは、口にできないでいる。

「社交婦人会――ですか？」

話には聞いている。

上流貴族の社交界を牛耳る、女性たちの集まりだ。おもな役員は皇族の女性たちを中心に、地位も財産も並外れた貴族の婦人ばかりだという。

上流貴族の女性の一員として認められるには、まず社交婦人会に受け入れられることが肝心だとか。

だが、ペトロネアには縁のないことだと思っていた。

「うん。これまでは、私が賓客として特別招待を受けて出席していたのだが、正直、ご婦人方の話は、女性特有の話題が多く、私には退屈極まる。スカートの丈の話を熱心にされても、返答に困るのでな」

ジークムントが苦笑いする。

「お前が代わりに出席してくれぬか」

ペトロネアは飲みかけていた紅茶を吹き出しそうになった。

「私が、ですか？」

咳き込みながら答えると、ジークムントはこともなげにうなずく。

「そうだ。ゆくゆくは、お前が社交界で一番身分の高い女性になるのだしな」

「……それは……」

口ごもってしまう。

ジークムントの意図がわからない。

城内での口さがない噂は、ペトロネアの耳にも届いている。侍女上がりの小娘が皇帝陛下の寵愛を欲しいままにしている、と。

社交婦人会の女性たちが、ペトロネアに良い感情をもっていないだろうと、予想できる。

そこへ乗り込ませるなど、狼の群れに羊を放り込むようなものだ。

返事を躊躇していると、ジークムントは励ますように声に力を込めた。

「案ずるな、お前はもうすっかり一流の貴婦人の嗜みを身につけている。この数ヶ月ほどのお前の努力は、驚嘆に値する。なにも臆することはない」

「で、でも、私一人では……」

いつでも守ってくれると言ったのに、と少し恨めしい気持ちになってしまう。

その気持ちを察したのか、ジークムントが真顔になった。

「私が意地悪で、こんなことを言い出したと思っているのか？」

「え……？」

「とんでもない。真逆だ。お前のためを思えばこそ、だ。お前は美しい。愛らしい。賢い。誰よりも優しく、辛抱強く、努力家だ。お前の話は発想が豊かで機知に富んでいて、聞いていて飽きない」

突然彼が雄弁に褒め出したので、ペトロネアは目をぱちぱち瞬いた。

「そして、床の中のお前も最高だ。感じやすく、抱き心地の良い素晴らしい身体の持ち主だ」

「あ、あの……お戯れはやめてください」

真っ赤になって押しとどめようとすると、最後にジークムントは付け加えた。

「ただ一つ。お前には自信が足りない」

「……」

「私がこれほどお前を認めているのに、お前は自分を認めない。それだけが、唯一、お前の欠点だ――いや、私が歯痒く思っている点だ」

ジークムントは真摯な眼差しを投げてくる。

「なにも恐れることはない。私に見初められた自分を信じろ。お前を見下そうとしてくるだろう社交婦人会の女狐どもを、返り討ちにしてやれ」

ジークムントは目をわずかに眇めて、柔らかく笑う。

彼はなにもかも承知の上で、あえてペトロネアに試練を与えようとしているのだ。

「なに、茶飲み話をしてくるだけだ。取って食われるわけではない」

彼の言葉のひとつひとつが身に染みる。

ジークムントはこうして、少しずつペトロネアを世間に受け入れさせようとしているのだ。それは、彼が真剣にペトロネアとの将来を考えてくれているということだ。

正妃として。

ペトロネアはこくんとうなずく。

「わかりました。来週、お茶会に参ります」

「その意気だ。愛しいペトロネア」

ジークムントがにこりと微笑む。あまりに美麗な笑顔に、わずかな気後れも吹き飛んでしまいそうだ。

「では、私は午後の執務に戻る、お前もその日のために、精進しろ」

彼は食卓を立ち上がろうとして、ふと思いついたように尋ねてきた。

「そうだ、お前の弟のことだが――」

「え？　なんでしょうか？」

一瞬心臓が跳ね上がった。ヨーランとのわだかまりが解けないままなので、彼のことを持ち出されるとひやりとする。ジークムントがなにか自分の過去のことを知ったのだろうかと、内心うろたえた。

が、ジークムントは世間話のついでのような口調で言った。

「そのうち、城に招いて会いたいものだ。ゆくゆくは私の義理の弟になるのだからな」

ペトロネアは胸を撫で下ろし、早口で答えた。

「え、ええ。そうですね……でも、まだ私の立場がはっきりしておりませんから、弟は学業に専念してもらいたいので、いずれ、ということで……」

言葉を濁したが、ジークムントはそれで納得したようだ。

「そうだな、いずれな。では、行く」

彼は席を立ち、身体を屈めてペトロネアの頬にちゅっと音を立てて口づけした。そして、耳元でペトロネアにだけ聞こえる声でささやいた。

「愛している」

「はい……」

ジークムントに隠し事をしている後ろめたさと共に、彼の過剰なほどの愛に応えたいという熱い気持ちが込み上げてくる。

ペトロネアは心の中で決意を新たにした。


社交婦人会のお茶会当日。

朝早くから、ペトロネアは念入りに身支度をした。

派手なデザインは避け、落ち着いた若草色のドレスを選んだ。装飾品も真珠のイヤリングだけにとどめた。あまり華美な格好をすると、保守的だという社交婦人会の面々から顰蹙を買うかもしれないと思ったのだ。

髪を結う段になり、化粧台の前に座ると、ブラシと櫛を手にしたメリッサが少しためらいがちに言う。

「あの、ペトロネア様――ご招待の席ですし、お髪を結い上げましょうか？」

正式な席では、淑女は髪を結い上げるのが習わしであった。ペトロネアは躊躇した。

だが、オメガの印のあるうなじを露呈する勇気はまだなかった。

「いえ……いつものように、サイドだけまとめてちょうだい」

「承知しました」

機転のきくメリッサはペトロネアに気遣ったのか、それ以上は言い募らず、黙々と手を動かし始める。

すべての身支度が終わったのは、昼過ぎだった。

ほどなく、社交婦人会からの案内人が訪れた。

今日の定例会は、城の中庭に面したテラスで行われるという。

案内人に先導され、ドレスの裾をさばくメリッサを従え、ペトロネアはしずしずとテラスに向かった。緊張感はあったが、怯えはない。胸を張って背筋をしゃんと伸ばした。

緑豊かな中庭にテラスには、幾つもの丸テーブルと椅子が出されていた。

そこに、着飾った大勢の貴婦人が着席している。

十代と思われる若い乙女から、白髪の老女まで様々な年代の女性がいる。彼女たちはお茶のカップを手に、和やかにおしゃべりに興じていた。

案内人が、声を張り上げる。

「ペトロネア・アウグストン様、ご到着です」

ぴた、と会話が止んだ。

皆、無言でペトロネアを見た。

冷ややかな侮蔑的な視線だ。

でも、そういう目で見られるだろうと想定していたので、思ったよりはうろたえなかった。

「お待たせしました。本日はお招きにあずかり、ありがとうございます」

穏やかな声で挨拶し、優雅にスカートを摘んで一礼する。

「初めての定例会に、遅刻ですか。随分とのんびりなさっていること」

濃紺のドレスで少し恰幅（かっぷく）の良い中年の婦人が、意地悪い声を出す。

あらかじめ聞いていた時間より早めに来たはずだ。

そもそも、ペトロネアを待たずして、すでに会食を始められている。

おそらく、わざと間違った時間を告げられたのだ。

ペトロネアは屈辱に気持ちが落ち込みそうになるが、笑顔を絶やさないようにして謝罪した。

「申し訳ありません――身支度に時間がかかってしまったようです」

全員が、ペトロネアの頭のてっぺんから爪先までじろじろと見ている。

「お母様、仕方ないわ。ペトロネア様はまだこういうしきたりに慣れておられないから。ペトロネア様、とにかくお座りになりなさいな」

中年の婦人と同席していた、栗毛(くりげ)の若い令嬢が、声をかけてきた。高価な手織りのレースをふんだんに使った真っ白なドレスは、ひときわ豪華で目を奪われた。彼女は取りなすような態度を装っているが、言葉の端々に棘(とげ)がある。

「失礼します」

席を見回すが、空いている椅子がない。

「……」

戸惑っていると、栗毛の令嬢がわざとらしく声を上げた。

「あらいやだ、平民用の椅子は用意されていないみたい」

婦人たちが忍び笑いを漏らす。

「無礼な――っ」

背後に控えていたメリッサが、かっとして前に出ようとしたので、ペトロネアはそっと押しとどめ、彼女に声をかける。

「メリッサ、椅子を一つ運んできてちょうだい」

メリッサは怒りで真っ赤になった顔でその場を後にし、すぐに椅子を一脚持って戻ってきた。

ペトロネアは隅のテーブルに椅子を据えてもらい、そこに腰を下ろした。

その様子を、婦人たちはじっと観察するように見ている。見世物にされているようで、緊張感が高まってくる。

「ペトロネア様はオメガのお印があるということですけれど、それ、本物なんですの？」

栗毛の令嬢はずけずけと話しかけてくる。

焦るな慌てるな、とペトロネアは胸の中で言い聞かす。

「あ、はい。ええと——」

「あ、失礼。私、アニタ・ホーカン。公爵令嬢ですわ。父は、先代の皇帝陛下から官房大臣を務めておりますの。母は、社交婦人会の今季の会長をしております。お見知り置きを」

ホーカン公爵家は、代々オメガの令嬢を皇帝家に輿入(こしい)れさせてきた、と、皇族の歴史の授業で習っていた。

アニタはこれ見よがしに、首を曲げてうなじの後れ毛を掻き上げる仕草をした。

彼女のうなじにある、赤い三日月模様の痣が見て取れた。

彼女もオメガなのだ。

ペトロネアがいなければ、アニタは皇帝の花嫁の最有力候補だったに違いない。

「アニタ様はお美しさもなることながら、お若いのしっかりなされていて、公爵夫人もさぞご自慢でしょうねえ」

他の婦人がおもねるように言うと、テーブルのあちこちから賛同する声が上がる。

「もちろんですわ。由緒あるホーカン家のオメガの娘として、名に恥じぬよう充分な花嫁教育をしてきたつもりですわ」

ホーカン公爵夫人は、二重顎を揺らしてほほほと笑う。

それから、目を細めてペトロネアを睨んだ。

「それがまあ、どうしたことでしょうねえ。どこの馬の骨ともしれない洗濯係などが選ばれるなんて。前代未聞ですこと」

ペトロネアは唇を噛み締めた。

ある程度のことは覚悟していたが、これほどあからさまに悪意を投げつけられるとは予期していなかった。上流貴族だから、もっと品の良い人々だと思っていたのだ。これでは、洗濯場にいた侍女たちの間に時々あった、いじめと同じだ。

勇気を奮ってここに来たのに、徐々に気力が削がれていくようだ。

うつむいていると、アニタが親切めかして、テーブルの上のポットを手に取り、立ち上がった。

「とにかくお茶をどうぞ。お近づきの印に、私から一杯差し上げますわ」

お茶のポットを持って、アニタが近づいてきた。

ペトロネアはほっとして、自分のカップを手にした。

「ありがとうございます」

「どうぞ」

アニタがペトロネアのカップにお茶を注ごうとした時だ。ふいに、彼女がつるっと手を滑らせ、ポットを取り落としたのだ。

「きゃあっ」

ペトロネアの大きく広がったドレスのスカートに、お茶がばしゃっとかかった。

「ペトロネア様っ」

側に控えていたメリッサが、慌てて駆けつけた。彼女は自分のエプロンを外し、それで濡れたスカートを拭きながら、気遣わしげに聞く。

「大丈夫ですか？　火傷などは？」

「い、いいえ、大丈夫よ……」

幾重にも履いているペチコートのせいで、火傷は免れたが、せっかくの下ろしたてのドレスのスカートに、大きな染みが広がっていく。

「あらまあ、申し訳ないわねえ。やっぱり、侍女の仕事は、ペトロネア様と違って慣れていないものですから。ごめんなさいねぇ」

アニタが少しも悪びれない声で謝罪する。

するとその場にいた女性たちが一斉にクスクスと笑い始めた。

その嘲笑は渦を巻いてペトロネアを取り囲む。

無念さに、ペトロネアの全身が小刻みに震えてくる。

彼女の様子を察したメリッサは、周囲に聞こえるように声をかけた。

「ペトロネア様、一度お着替えに戻りましょう。その方がよろしゅうございます」

「そ、そうね……」

ペトロネアは感謝の眼差しをメリッサに送り、彼女の手を借りてのろのろと立ち上がった。

「皆様、しばらく失礼いたします」

消え入りそうな声で挨拶すると、うつむいたまま城内へ向かった。

「無理をしてお戻りにならなくてもよろしくてよ。ここは侍女は足りておりますから」

背後でアニタが、侮蔑的に言う。

再び忍び笑いが広がった。

ペトロネアは目に悔し涙が溢れてきた。

廊下に出ると、メリッサが怒り心頭という感じで言う。

「なんて非道い人たちでしょう。あれが高級貴族の女性たちだなんて、信じられません。下品極まりないではないですか！」

ペトロネアの心の声を、メリッサがすべて代弁してくれた。

「いいのよ。覚悟はしていたから……」

私室に戻り、他の侍女たちの手を借りて汚れたドレスを脱ぐ。

「ひどいことを！」

「ペトロネア様がお怪我でもしたら、どうするつもりだったのでしょう」

他の侍女たちも、憤懣遣る方無いようだ。

「どうしますか？　気分がすぐれないということで、このまま欠席なされた方がよろしいのではないですか？」

メリッサが心配そうに尋ねる。

コルセットとペチコート姿になったペトロネアは、ひどく惨めな気分だった。

「そうね、そうした方が……」

「わかりました。私が伝えて来ます」

メリッサが素早く立ち上がる。

その時、ペトロネアは、ふいにジークムントの声が聞こえたような気がした。

『なにも恐れることはない。私に見初められた自分を信じろ』

はっと胸を突かれた気がした。

このままおめおめと引き下がったら、あの口さがない社交婦人会の女性たちが、どんなにひどい噂を流すだろう。

「皇帝の選んだ侍女上がりの娘は、社交婦人会になじめず、すぐに逃げ帰った」

「皇帝陛下の婚約者は、挨拶もろくにできない小娘だった」

「皇帝陛下は花嫁選びを誤った」

ジークムントに不名誉なことばかりだ。

自分はどう貶められても構わないと思っていた。でも、それは違うのだ。

ジークムントに選ばれた時から、ペトロネアの評価が彼への評価に直結するのだ。

なぜジークムントがあえて、社交婦人会のお茶会に出席させたか、やっと理解できた。

「待って、メリッサ」

思わずメリッサを呼び止めた。

「はい?」

振り返ったメリッサに、ペトロネアは言った。

「着替えます。もう一度、お茶会に戻ります。手伝ってちょうだい」

メリッサも他の侍女たちも、声を失う。

「よろしいのですか?」

メリッサは心配そうに尋ねた。

「ええ。うんと綺麗に仕上げてちょうだい。あの場にいた誰よりも、美しくなって戻るの」

メリッサの顔がぱっと明るくなる。

「承知しました!」

メリッサと侍女たちは、てきぱきとペトロネアの着替えを始めた。

最初の地味なドレスとはうって変わり、ノースリーブで、薔薇の花のように何枚ものペチコートを重ねた真紅のドレスを選んだ。装飾品は、髪飾りからイヤリングネックレスに至るまで、高価なダイアモンドで揃える。

そして、髪を仕上げる段になると、ペトロネアはメリッサにきっぱりと言った。

「メリッサ、髪をアップにしてくれる？」

「え？ よろしいのですか？」

これまでずっと、うなじに刻された赤い三日月型の痣を人に見られるのが嫌で、長い髪は背中に梳き流すようにして、首を隠していた。オメガであることをひけらかすようで、恥ずかしくてならなかったのだ。

でも、なにを恥じることがあろうか、と思い直したのだ。

自分こそは、アルファの皇帝ジークムントに選ばれた唯一のオメガなのだ。

この痣を恥じることはジークムントへの裏切りのような気がした。誇りを持とう、と思った。

「ええ、最新流行の素敵なヘアスタイルにしてちょうだいね」

鏡の中からメリッサに微笑むと、彼女の頬が紅潮する。

「お任せください。ペトロネア様にぴったりの、素晴らしい髪型に仕上げてご覧に入れます」

豊かな金髪は、頭の上に複雑な形に結い上げられ、そこにもダイアモンドのティアラを飾った。

出来上がったのは、堂々とした女王のように風格と気品にあふれた貴婦人だった。

「ああ素晴らしいです。もはや皇妃様そのものです」

メリッサと侍女たちは、感激で涙ぐむ。

ペトロネアは姿見の中の自分にうなずく。

「戻りましょう」

テラスに出ていくと、和気あいあいとおしゃべりをしていた社交婦人会の女性たちが、驚いたようにこちらに顔を振り向けた。

ペトロネアは極上の笑顔を浮かべる。

「中座して申し訳ありませんでした」

優美に一礼し、自分の席に戻る。そのまま椅子には座らず、すっくと立っていた。

皆が唖然としてペトロネアを見ている。

「まあ、図々しい――」

アニタが小声で憎々しげにつぶやくのが聞こえた。

ペトロネアは、さっとアニタに顔を向け、笑顔で話しかけた。

「アニタ様、先ほど、私のオメガの印が本物かとおっしゃいましたわね」

「え、ええ――」

ペトロネアはくるりと背中を向けた。

「ご覧ください。オメガの印です。皇帝陛下に見初められた証です」

ペトロネアは、その場にいる者全員に見えるよう、ゆっくりと身体の向きを変えた。

全員が息を呑むのがわかった。

ペトロネアのオメガの痣は、ジークムントの愛を得てからは、いっそうくっきりと赤く濃くなっていた。真紅のドレスと白い肌に、オメガの印が見事に調和している。

ペトロネアはそれからゆっくりと席に着いた。

アニタの顔が屈辱に真っ赤になっている。

側の給仕の侍女に、片手を上げて合図する。

「お茶をいただけますか?」

「か、かしこまりました」

給仕の侍女もペトロネアの威厳に打たれように、恭しくお茶を注ぐ。ペトロネアはお茶のカップを優美に手に持つと、周囲の面々ににこやかに言った。

「ありがとう。皆様、この度はお招きいただき、感謝します。皇帝陛下からも、よろしく伝えるようにと申しつかってまいりました」

気を呑まれて、婦人たちはうなずくばかりだ。

ただ、アニタの母親であるホーカン公爵夫人は、ぼそりと悪意のある言葉を吐いた。

「皇帝陛下ともあろう方が、洗濯係上がりの侍女に籠絡されるとは、お若いだけあられること」

ペトロネアはキッとホーカン公爵夫人の方に目をやった。

「確かに、私はもと洗濯係でした。それは事実です——でも、皇帝陛下を愚弄するようなことをおっしゃるのは、いかがなものかと思います」

言い返されるとは思っていなかったのか、ホーカン公爵夫人は唖然としたように目を見開いた。

ペトロネアは落ち着いた声で言う。

「最初に申し上げます。私を貶めることは、皇帝陛下を冒瀆(ぼうとく)することです。お言葉には充分お気をつけていただきましょう」

「ま――」

ホーカン公爵夫人は顔色を変え、ふくよかな頬がぶるぶる震えた。

周囲の女性たちの、ペトロネアを見る目が変わった。

畏敬の念が彼らの顔に浮かんでいる。

ペトロネアは、ジークムントの権力を笠に着て発言するのは、本意ではなかった。

だが、ここで引いては、これから先ずっと上流階級の女性たちに軽蔑されて生きていくことになる。

自分のためではなく、ジークムントのために、ペトロネアは負けてはいけないのだ。

「あ、あの――ペトロネア様は、ご趣味はなんでございましょう」

一人の柔和な顔立ちの中年の婦人が、場を取り持とうとしてか、別の話題を振ってきた。

ペトロネアはにこりとして答える。

「趣味というほどではありませんが、最近は詩集を読むのが好みです。特に、この国の詩人、ウィラーの恋の詩がお気に入りです」

すると、他の席の若い令嬢が嬉しげな声を出す。

「まあ、ウィラー。私も、大好きですわ。彼の『恋憂う』が、特に素晴らしいと思います」

「私も、その詩は大好きですわ」

ペトロネアはすらすらと、詩の一節を暗唱してみせた。

「かのかんばせ　花の如く
白き手は　我の心を震わす
会えぬ日は　心曇りて
ピアノの響きすら　悲しき雨音なり」

ほおっと感嘆の声が上がる。

他の令嬢が目を輝かせ、思わず拍手する。

「とても流暢で美しい暗唱です！　ペトロネア様」

一気にその場の空気が変わった。

女性たちは、代わる代わる様々な話題でペトロネアに話しかける。

その度に、ペトロネアは巧みに受け答えた。

この何ヶ月か、血の滲むような努力をして、豊かな教養を身に付けたのだ。それは、ペトロネアがもともと伯爵家の娘で、嗜みを身につける素養も充分あったからかもしれない。

堅苦しくならず、洒脱に品良く会話をするペトロネアに、ますます皆の見る目が変わる。

と、ふいにホーカン公爵夫人が小声で発言した。

「申し訳ありません。娘のアニタが気分がすぐれぬようです。ペトロネア様、娘と退出してよろしいでしょうか？」

ペトロネアは気遣わしげに答える。

「まあそれはいけませんね。どうぞ、お引き取りください。アニタ様、お大事にね」

「し、失礼します」

ホーカン公爵夫人とアニタは、そそくさと席を立った。

そのまま逃げるようにテラスを出ていく。

ペトロネアは気配りして皆に言う。

「女性はいろいろ体調がすぐれないことも多いですから、皆様もどうぞ、無理をなさらないでくださいね」

ペトロネアの思いやりある態度に、誰もが深い感銘を受けていた。


その晩。

お茶会が終わるとさすがにぐったりとして、ペトロネアは晩餐も早々に済ませ、自分の寝室で横になった。

メリッサに頼んで、ジークムントに今夜は早めに休むと伝えてもらった。

身体は疲れていたが、気が高ぶっているのかなかなか寝付けない。

果たして、お茶会で上手に振る舞えたろうか。ジークムントの権威に傷をつけまいと、夢中で受け答えしていたが、社交婦人会の評価はどうだったろうか。

つらつらそんなことを考えているうちに、いつの間にか微睡(まどろ)んでいた。

夜更けに、扉がそっと開く気配がした。

ペトロネアはハッと意識が戻り、耳をそばだてた。

足音を忍ばせて誰かが入ってくる。

馴染(なじ)みのある柑橘系(かんきつけい)のオーデコロンの香りが、ふわりと匂った。ジークムントに違いない。

彼は起こさないように気遣ってか、ベッドの脇に立ってこちらを見下ろしているようだ。

ペトロネアは浅い眠りの中で、彼の声を聞く。

「愛しいペトロネア。よくぞ試練を乗り越えた。私は誇らしくてならない」

昼間の社交婦人会のいきさつは、彼の耳に届いているようだ。

彼の手が伸ばされ、ペトロネアの髪を優しく撫でてくる。

「お前なら、きっとこれからも私と一緒に、あらゆる困難に立ち向かえるだろう」

ペトロネアはせつない喜びで、胸がいっぱいになる。

ゆっくりと寝返りを打ち、ジークムントに顔を向けた。薄暗闇の中に、彼の白皙の顔が浮かび上がっていて、夢のように美しい。

「起こしたか？」

ジークムントがすまなそうな声を出したので、ペトロネアは首を横に振る。

「いいえ、ちょうど目が覚めました。今日は、先に休んでしまってごめんなさい」

「構わぬ。気を張っていたのだろう。ゆっくり休むがいい」

ジークムントがその場を去ろうと身動(みじろ)いだので、思わず彼の手首を掴んでしまう。

「お願い……もう少しだけ、ここにいてください。私に触れていて……」

ペトロネアがこのように積極的な行動を取るのは初めてで、ジークムントは少し驚いたような顔をしたが、すぐにうなずいて、ベッドの端に腰を下ろす。

そして、再びペトロネアの髪を撫でてくれる。

ペトロネアはうっとりとその感触を味わった。

「社交婦人会では、災難だったな。ホーカン公爵令嬢が、お前に失礼な振る舞いをした。怪我がなくてなによりだ」

お茶をかけられたことまで承知のようだ。

「なにもかも、ご存知のようですね？」

ジークムントは手を止めて、しばし考え込む感じだったが、意を決したように口を開く。

「実はな——社交婦人会の中には、私に味方する進歩的な考えの貴族のご婦人も、何人かおられるのだ。彼女たちに前もって、いざという時はお前に助け舟を出してくれるよう頼んでおいたのだ」

「まあ……」

では、趣味の話題を振ってくれたり、詩を暗唱した時に賛美してくれた貴婦人たちは、ジークムントの息がかかっていたのか。

ジークムントはペトロネアの表情を窺うように、顔を覗き込んできた。

「気を悪くしたか？　だが、お前を孤立無援にはしたくなかった。あとで彼女たちから話を聞いたが、お前は最高に美しく気品と威厳に満ちていたと、皆感銘を受けていた。それを聞いて、私は誇らしくてならなかった」

ペトロネアは口元を綻ばせた。

「いいえ、いいえ。いつでもどこでも、ジークムント様が必ず私を守っていてくださるとわかって、感激で胸がいっぱいです」

「いや、私の手助けなど、必要なかったようだな。お前は完璧だ」

そんなことはない。まだあまり自信が持てない。

でも、今日の一件は、少しだけペトロネアに誇りを与えた。

それもこれも、ジークムントの深い愛情のおかげだ。

ペトロネアは両手で、髪を撫でているジークムントの手を包み込み、それをそのまま頬に持ってきてすりすりと甘えるように擦り付ける。

「私、一度はあの席から逃げ帰ったのです。でも、戻ろうと思えたのは、ジークムント様の励ましがあったおかげ。本当に、感謝します」

ジークムントが喉の奥でゴクリと唾を呑み込む。

「いかん。そんな可愛い仕草をしては、来るものがあるではないか」

ペトロネアは少し潤んだ目で、彼を見上げた。

ジークムントが眩しそうに目を眇める。

「そんな色っぽい目で見るな」

欲望の強い彼が、疲れているだろうペトロネアを気遣って、必死に自制しているのがわかる。

その思い遣りが、胸に響く。同時に、ペトロネアの下腹部の奥に、甘い疼きを生み出す。

この人が欲しい、と思う。

ペトロネアは頬に当てていたジークムントの手に、顔を寄せてちゅっちゅっと口づけした。

「っ――」

ジークムントがため息を吐いて、身動いだ。

ペトロネアはそっと彼の手を引く。

熱を孕んだ眼差しを据えたまま、徐々にジークムントの顔が近づいて来る。

「ジークムント様」

ペトロネアは少し伸び上がるように顔を上げ、そっと唇を重ねた。

「――」

ジークムントが目を見開き、身体を強張らせる。

ペトロネアは小鳥の啄ばみのような拙い口づけを、何度も繰り返す。

彼の唇を、こんな風にゆっくりと味わうのは初めてかもしれない。いつも互いの劣情に囚われて、貪るような口づけばかりに終始していた。

まるで、初めての口づけみたいに心臓がドキドキして、身体が熱くなる。

気がつくと、ジークムントは目を閉じて、ペトロネアからの口づけを甘受している。

やがて、ペトロネアが頬を染めて顔を離すと、ジークムントが夢から覚めたように目を開く。

「いかん。胸がドキドキする」

彼の息遣いが乱れ、声も掠れていた。

同じ気持ちを共有している喜びに、ペトロネアはせつないほど心が締め付けられる。ジークムントの目を見て、そっとつぶやく。

「ジークムント様、好きです」

想(おも)いを口にすると、すうっと胸が軽くなった。

「っ」

なぜかジークムントは呆然としている。

ペトロネアは両手を差し伸べて、ぎこちなくジークムントの首に回し、再び顔を寄せた。そしてしっとりと彼の唇を塞ぐ。

「――っ」

ジークムントはペトロネアの背中に腕を回して抱き起こすと、口づけに応えてきた。強く唇が合わさり、探るようにジークムントの舌が上唇を舐めてくる。

ペトロネアは顔を傾けて、口を開いて彼の舌を招き入れた。

自分からも、甘えるように舌を絡ませた。

「ん、ん……んぅ」

ジークムントの舌はいつもと違い、優しくペトロネアの舌を擦り、吸い上げてくる。

ペトロネアはジークムントのさらさらした髪に手を差し入れ、その感触を楽しむように掻き回した。

「――ペトロネア、ペトロネア――いけない」

唇を引き剥がし、ジークムントがくるおしい声を出す。彼はそのまま身を引き剥がそうとした。

どうして逃げてしまうのだろう。

いつもなら、奪うように抱き潰して来るのに。

ペトロネアは思わず彼の頭をかかえ、自分の胸に掻き抱いた。柔らかな銀髪が、頬や鼻腔(びこう)を擽り、心地よい。

「これは夢か？」

ジークムントはじっとされるがままになって、ぽつりと漏らす。

「なぜ？　逃げないでください」

まるで今にも泣きそうな声に、ペトロネアはハッとする。

「夢に違いない。お前から私に告白し、求めてくるなんて、夢だ」

ペトロネアは苦しげにすら聞こえる彼の声が、胸に迫った。

ジークムントは告解のように言葉を紡ぐ。

「夢なら、このままにしてほしい。覚めたら、またお前は自分の心を貝にように閉ざし、私に本心を見せなくなる。夢を壊したくない。お前の心を捕らえるすべを、私は知らないでいる」

あんなにも自信満々で、永遠の番を謳っていた彼なのに、内心はこんなにも無垢な少年のように怯えていたのか。じんと胸がせつなく疼く。

ペトロネアはあやすようにジークムントの頭を撫でた。

「私を愛しておられるのでしょう？」

「愛している。愛している。この世の終わりが来ても、この気持ちは変わらない」

「私はずっと、その果てしない愛情を信じきれないでいました」

「――」

「怖かった。あなたの愛が、アルファの劣情からくる勢いではないかと」

ジークムントがなにか言いたげに身動ぐのを、ペトロネアは両手に力を込めておしとどめる。

「でも、今わかりました。あなたの愛は、強いだけではない。とても広いのだと――」

「ペトロネア――」

ジークムントがゆっくりと顔を上げ、目線を絡めてくる。

「もう一度、言ってくれ。お前の気持ちを」

「――好きです」

「もう一度」

「好き――愛しています」

「もっと」

「愛しています」

「ああペトロネア」

ジークムントが満足げなため息を漏らす。

「ありがとう」

千年の孤独から解放された人のような、胸に染み入る言葉だった。

二人はしばらくそのままじっと抱き合っていた。

やがて、ペトロネアは身を起こすと、ジークムントの額から鋭角的な頬の線に沿って、口づけを落としていく。少しざらっとした顎、引き締まった首筋。

両手でジークムントの部屋着の前を寛げ、たくましい胸板にもちゅっちゅっと音を立てて口づけした。小さな乳首にも口付けると、彼がぴくりと身震いする。

そのまま、深く割れた腹筋にも唇を押し当てていく。

ジークムントはされるがままになっている。

そろりと下腹部に触れると、すでに彼の欲望は熱く硬くそそり立っていた。

両手でおずおずと屹立を包んでみる。

びくっと手の中で、肉胴が慄く。

今までこんなにもまじまじと、ジークムントの屹立を見たことはなかったかもしれない。

傘の張った先端からは、透明な先走りが溢れ、太い血管が浮き出た肉茎はどくどくと脈打っている。

こんなにも大きくて太いものが、いつも自分の慎ましい隘路に受け入れられているなんて、信じられない。

そろりと手を滑らせて、太竿を扱くと、ジークムントの息が乱れた。

彼の顔を見上げ、恥じらいながらささやく。

「今夜は……私からも愛させてください」

ジークムントがコクリとうなずく。

まるで子どものような仕草で、普段の年より大人びた振る舞いの多い彼の別の一面を知ったようで、胸が甘くときめく。

どうするとも考えてはいなかったが、いつもジークムントがしてくれるように、自分も彼の分身を愛でたい。

恐る恐る、彼の股間に顔を寄せていく。

むぅっと、雄の性的な香りが鼻腔を刺激する。

舌を差し出して、ちろりと亀頭の先端を舐めてみた。少し塩気のある艶かしい味わいに、身体の芯がざわめく。

「は――」

ジークムントが荒く息を吐いた。

彼が感じているのがわかり、心が躍る。

両手で屹立の根元を支え、そろりと先端の括れのあたりまで口に含んだ。

「ん……んん」

括れに沿って舌を這わせ、先走りを滲ませる割れ目まで舐め回す。

手の中でぴくぴくと肉胴が震え、ジークムントが快感を覚えているのがわかった。

「ふ……ん、んぅ、んん」

心の赴くままに、舌の腹を押し付けるようにして、太竿に沿って舐め下ろし、再び括れまで舐め上げる。それを繰り返すと、男根はますます硬く膨れてくる。

初めはぎこちなかったが、ジークムントの反応を窺いながら舌をうごめかしているうちに、彼の感じる要所がわかってくる。

丹念に裏筋まで舌を這わせてから、そっと亀頭を口に含んで、ゆっくりと頭を上下に動かした。口の中で、淫らな造形をした欲望がびくびく震えて、さらに硬化してくる。

そそり勃った欲望からは、得もいわれぬ濃厚な芳香が立ち上り、ペトロネアの欲望を淫らに刺激してくる。

「……ふ、くふぅ……ん、んんぅ」

艶かしい鼻声を漏らしながら、舌を押し付けるようにして、何度も肉胴に舌を押し付け、唇を窄(すぼ)めて柔らかく締め付けた。

「ああ――ペトロネア」

ジークムントは感に堪えないといった声を漏らし、両手でペトロネアの髪を掻き混ぜた。

「んん、ふ、ん、ぐ、ふぁ……ん」

慣れぬ口腔愛撫に顎がだるくなってくるが、徐々に屹立を喉奥まで呑み込んでいく。

硬く張った亀頭が、口蓋から舌の裏までぐりぐりと擦り付けて、先端が喉奥を突く。苦しいのに、舌の奥からジンジンと疼くような感覚が迫り上がってくる。

きゅんと媚肉が収斂し、もどかしい疼きに太腿を強く閉じ合わせてやり過ごそうとする。

「あ……ふぁ、ん、んぅ、ふぅうんん……」

溢れる唾液と先走りの混じったものを啜り上げ、もっとジークムントを心地よくさせたいと、夢中になって頭を振り立てた。

「ペトロネア、ペトロネア――これ以上は、終わってしまう」

ジークムントが辛そうに息を吐き、両手でそっとペトロネアの頭を抑えた。

だがペトロネアは、唇にわずかに力を込めて、さらに亀頭を締め付けた。ちろりと舌先で、鈴口の割れ目をなぞり、上目遣いで見上げると、ジークムントは高ぶった表情でぶるりと胴震いした。

「だめだ、そんな色っぽい目で見ては――っ」

ペトロネアの頭を抑えようとしていたジークムントの両手が、ふいにぎゅっと股間に押し付けるようにした。

「んんんっ」

奥をぐっと突かれてえづきそうになり、ペトロネアはくぐもった声を出した。

「くっ――」

ジークムントが低く唸り、直後、肉茎が大きく脈動し、びゅくびゅくと熱い飛沫が喉奥へ放たれた。

「ん、ふ、は、んんん、んんんっ」

思わず嚥下していた。

粘つく白濁液は、わずかに苦味と塩味が感じられ、決して美味とは言い難いが、愛するジークムントを最後まで達かせたという感動で、それもあまり気にならない。

彼の精をことごとく呑み干しながら、膣壁がきゅんきゅん強く収斂して、挿入もされていないのに、ペトロネアは軽く絶頂に飛んでしまった。

「あ」

ジークムントは我に返ったように、腰を引く。

ずるりと唾液と白濁液にまみれた陰茎が、口腔から引き摺り出された。

その喪失感にすら、軽く感じ入って、ペトロネアは下腹部に強い快感を覚える。

「なんてことだ——ペトロネア、あまりにお前の口の中が気持ちよくて、終わってしまった——大丈夫か？」

ジークムントは狼狽した声を出し、両手でペトロネアの顔を包み込んで仰向かせた。

覗き込んでくる彼の表情が、叱られた子どものようで、ペトロネアの母性本能をちくちく疼かせる。薄く微笑んで見せる。

「平気です——私の拙い行為に、感じてくれたのが嬉しい……」

「ペトロネア、お前という乙女は、なんと健気なのだろう」

ジークムントが顔中に口づけの雨を降らせてくる。

「愛している。約束する。これからは、お前の嫌なことは決してしない。欲望のままに、お前をほしいままにすることはしない。誓う」

せつせつとした声に、彼への愛情が昂り、愛おしくてならない。目眩がするほどの多幸感に包まれる。

「いいえ、いいえ、ジークムント様。そんな誓いはいりません。これまでだって、あなたが私に嫌がることなど、一度たりともしたことはありません。私とあなたの望みは、いつだって同じです。だって――」

ペトロネアは、初めてその言葉を自分から口にしそうになる。

「私たちは――」

「――ペトロネア――」

ジークムントは呻くような声で名前を呼ぶ。そして、ペトロネアの言いかけた言葉を続ける。

「そうだ、ペトロネア――私たちは、永遠の番だな」

「はい」

二人の視線がきつく絡む。

もう言葉も、身体の繋がりもいらない気がした。

互いの瞳の中に愛する人だけが映っている。

それがすべて。

二人は息をするのも忘れて、ひたすら真摯に見つめ合っていた。

翌日の昼前のことだ。

午前中の授業の復習をしていると、メリッサが一通の封書を持って、ペトロネアの私室にやってきた。

「ペトロネア様。ベリソン伯爵令嬢とリリェバリ公爵夫人というお方から連名で、午後の訪問のお伺いに、メッセンジャーが来ておりますが」

「ベリソン伯爵令嬢とリリェバリ公爵夫人？」

誰だろう。

もしかしたら、昨日の社交婦人会のお茶会に参加していた女性たちかもしれない。

何の用事だろう。昨日の悪意に満ちたホーカン公爵夫人と娘のアニタの言動を思い出し、またぞろペトロネアに嫌がらせでも言いに来たのだろうかと思う。

だが、すぐにそんなよこしまな考えは頭から打ち消した。

「わかりました。午後のお茶の時間においでくださるよう、お返事してちょうだい」

「かしこまりました」

ペトロネアは再び読みさしの歴史の本を手にした。

たとえどんなことがあっても、もう怯えたり逃げたりはしない、そう心に決めている。

ジークムントへの愛がはっきり自覚されてから、ペトロネアは自分が信じられないくらい強くなったと感じている。

午後、メリッサたちに命じて、応接間に人数分のお茶の用意をさせた。

時間ぴったりに、ベリソン伯爵令嬢とリリェバリ公爵夫人が部屋を訪れた。

「お招き感謝します、ペトロネア様」

メリッサに案内されて応接室に入ってきた二人の女性を見て、ペトロネアはあっと声を上げてしまう。

「まあ、あなた方は……」

ペトロネアが詩を暗唱した際に、賛美してくれた女性たちだ。ジークムントを支持しているという貴婦人たちだろうか。

彼女たちは少し含羞(はにか)んだ様子で、もじもじと立っている。

「ようこそ、おいでくださいました。さあ、そこのソファにお座りになって」

ペトロネアが満面の笑みで言うと、二人は目配せをし合って、ソファに腰を下ろした。

ペトロネアが向かいのソファに座ると、若い方のベリソン伯爵令嬢が、頬を染めて切り出す。

「あの――ペトロネア様。昨日は社交婦人会の数々の失礼な言動を、まずお詫(わ)びさせてくださいませ」

リリェバリ公爵夫人が付け加えた。

「私たち、そのことをまず謝罪したくて、参りました」

ペトロネアは感動で胸が熱くなった。

「謝るなんて――私、何も気にしておりません。新参者でしたから、いろいろ不慣れで、こちらこそご迷惑をおかけしたと思いますわ」

二人はほっとしたような表情になった。

リリェバリ公爵夫人は、穏やかに笑みを浮かべた。

「ここに来たのは、謝罪もありましたけれど、私たち、ペトロネア様とお友だちになりたくて、参りましたのよ」

「友だち……」

　思いもかけない申し出に、ペトロネアは声を途切れさせた。

　ベリソン伯爵令嬢が意気込んで言う。

「あの――私と夫人は、詩人ウィラーの熱烈な支持者で、たびたび二人で詩を読み合う会を催しているんです。その会に、ぜひペトロネア様も参加していただきたくて」

　ペトロネアは嬉しさに目眩がしそうだった。

「いいのですか？　私など、参加してもよろしいの？」

　ベリソン伯爵令嬢は、深くうなずいた。

「もちろんですわ。昨日のペトロネア様の暗唱、心に染み入りました。私たち、ぜひペトロネア様と、ウィラーの詩について語り合いたいんです」

　リリェバリ公爵夫人も、熱を込めて言う。

「どうか、私たちと楽しい時を過ごしませんか？」

　ペトロネアは声を震わせた。

「ええ、ええ、嬉しいです。ぜひ、ぜひ、参加させてください！」

　若いベリソン伯爵令嬢は、思わずと言ったふうで、ペトロネアの手をぎゅっと握ってきた。

「わあ、よかったわ。断られたらどうしようって、実は内心おろおろしてたの。ああよかった、仲良くしてくださいね」

「こちらこそ！」

ペトロネアもベリソン伯爵令嬢の手を握り返した。

リリェバリ公爵夫人は、そんな二人の様子を微笑ましそうに見ている。

かくして、城内で孤立無援だったペトロネアは、新たな友人たちを得たのだった。

彼女たちとの交流は、ペトロネアの世界をぐっと広めた。

社交界や淑女たちの生の情報や話がふんだんに聞くことができ、振る舞い方や言葉遣いも学べて、ペトロネアはさらに洗練された。

社交婦人会の定例会にも、必ず賓客として招かれるようになった。

ホーカン公爵夫人は体調不良ということで、会長の座を降りてしまい、リリェバリ公爵夫人が代理を務めることになったのだ。

会の空気はぐんとペトロネアに好意的になった。ホーカン公爵令嬢のアニタは、あれ以来会には顔を出さなくなっていた。ペトロネアにあからさまに悪意を向ける者はいなくなったのである。

ペトロネアは率先して、社交界の集まりにも顔を出すようにした。

初めは物見高くペトロネアと接していた者たちも、彼女の気品と威厳、思い遣りある言葉遣いや、豊かな教養に感銘を受け、態度を改めるようになった。

徐々にだが、ペトロネアを受け入れようという空気が、貴族の中にも広がっていったのである。

ただ、ホーカン公爵を中心にした貴族議会では、ジークムントとペトロネアとの婚姻を認めるか否かの議論が進まないでいた。ペトロネアは、未だに微妙な立場のままだった。

皇城でのめまぐるしい生活を過ごす間も、ペトロネアは頻繁に弟ヨーランに手紙を送った。心を込めて自分の気持ちをしたためたが、ヨーランからはなしのつぶてだった。気落ちしつつも、ペトロネアはいつかヨーランに理解してもらえる日を待ちわびていた。

第四章　陰謀の匂い

秋口に入り、ヴァルデマール皇国の建国記念日が近づいてきた。

その日は国民の祝日で、各地でお祝いの行事が賑やかに執り行われる。

とりわけ、皇城のある首都の盛り上がりは、他の地方の比ではなかった。

その日は、皇城に隣接した大円形競技場で、様々な催しが開かれ、一般市民にも公開されるのだ。大円形競技場の周囲には食べ物や見世物の屋台が立ち並び、全国から大勢の人々が訪れる。

大円形競技場での催し物の一番の見所は、国中から選りすぐりの騎士を集めての、皇覧騎乗試合である。

華やかに飾り立てた馬にまたがった騎士たちが長槍を持ち、皇帝の見守る中で、一騎打ちで競い合う。落馬するか相手が降参を申し出た時に、勝敗が決する。

この試合は勝ち抜き戦で、最後に残った勝利者は、皇帝から直に勝利の花冠を授けられ、ひとつだけ望みを叶えてもらえるのだ。

莫大な財でも身分でも領地でも、皇帝の地位以外の希望はすべて認められる。

そのため、腕に覚えのある騎士たちは、この日のために研鑽を積んでいる者も少なくない。

いよいよ、建国記念日が一週間後に迫った日のことである。

ペトロネアは私室で、ジークムントが皇覧騎乗試合に列席するさいに身に付ける腰帯に、国章の双頭の獅子の文様を刺繍していた。

自分はまだ日陰の身なので同席できないだろうから、せめてジークムントのために何かしたくて、彼に申し出て刺繍をすることにしたのだ。

ひと針ひと針、心を込めて縫っていると、ふいに軽快な足音を響かせて、部屋にジークムントが入ってきた。

「作業中、すまぬな。少し、いいだろうか」

彼は公務用の青い礼装のいでたちだった。執務の合間に訪れたのだろう。

「あ、はい。すぐにお茶を――」

テーブルの脇に置いてある侍女を呼び出す鈴に手を伸ばそうとすると、

「ああいい。用件を言ったら、すぐに執務室に戻るから」

と、ジークムントがそれを押しとどめる。

「わかりました。ご用件とは？」

ジークムントは近づいてくると、空いている椅子を手に取り、ペトロネアの前にどっかと座った。

「七日後が建国記念日なのだが」

「ええ、刺繍ももうすぐ出来上がりますわ。ちゃんと皇覧騎乗試合にまでに間に合わせますから」

「うん――その騎乗試合なのだがね。実は、私も出場することにした」

「まあ、それは、素晴らしいことですわ！」

軍人として武勇伝も多いジークムントなら、十分出場資格があるだろう。

皇帝自ら試合に参加するとなると、今までにないほどの盛り上がりになるに違いない。

「だから、お前は観覧席にいろ」

「えっ？」

一瞬、何を言われているのかわからず聞き返してしまう。

「お前は最上階の皇族の観覧席の中央で、私の勇姿を見守るんだ」

ジークムントはこともなげに言う。

「いえ……でも、私はまだ……」

正式な許嫁として認められていないのに、そんな公の席に出るなんて――。

「そこで私は、お前に勝者の花冠を捧げ、正式に求婚する」

「え」

「騎乗試合に優勝したものは、ひとつだけなんでも望みを叶えてよいからな。無論、私が勝ち抜く。そうしたら、私はお前との婚姻を希望する。皇帝の私が私自身の望みを叶えるのだ――どうだ、よい考えだろう？」

ペトロネアは口がぽかんと開いてしまった。

「そ、そんな無謀な……」

「なんだ、お前は私が勝てないとでもいうのか？」

「いえ、いいえ、そうではなくて……そんなの、前代未聞です」

「しかし、百年の歴史を誇る由緒ある皇覧騎乗試合の勝者が、願いを叶えてもらわなかった前例は無いからな。これには貴族議会の頭の古臭い連中でも、文句のつけようがないだろうよ」

ジークムントが得意げに語るのを、ペトロネアは唖然と眺めていた。

彼は、自分の意志は必ず押し通す人なのだ。それが公衆の面前で未曾有の事態を招くかもしれなくても、少しも臆することをしない。

驚きの後に、深い感動が襲ってくる。自分と添い遂げるために、ジークムントが身体を張って運命を切り開こうとする姿が、雄々しく愛おしい。

ペトロネアは顎を引いて、まっすぐジークムントを見た。

「――わかりました。では、私もその日のために、最高の装いをしなくてはなりませんね」

ジークムントが目を眇めた。

「その通りだ。なに、すでに扉の外に皇帝家御用達の一流仕立て屋たちを待機させてある。彼らなら、どんな豪華なドレスであろうと、期日内に仕立ててくれる。この後すぐ、採寸に入れ」

なんとまあ手回しの早い。

「では、私は執務に戻る。その後、騎乗練習をするので、晩餐は遅れるかもしれぬ」

ジークムントがさっと立ち上がった。

ペトロネアは慌てて声をかける。

「あ、ジークムント様」

「なんだ？」

「武器を使うのでしょう？　どうか、お怪我だけはないように……」

　ジークムントがにこりとする。

「案ずるな。試合に使う槍は木製だ。剣先には布を巻いた防具を付けて行う。最悪でも、打撲で済む。そもそもな」

　彼は胸をそびやかす。

「相手が私に一指でも触れることなどあり得ない。私を誰だと思っている。この国一番の勇者、『銀の狼皇帝』であるぞ」

　ジークムントが片目を瞑っておどけてみせたので、ペトロネアは思わず微笑んでしまう。彼はそのまま踵を返し、部屋を出て行った。

　思いもかけず、事態は急展開しそうだが、ジークムントを信じていればなにも心配ないと思った。期待で胸が熱くなる。

　そこへメリッサが入ってきた。

「ペトロネア様、廊下に仕立て屋たちが待機しておりますが、入れてようございますか？」

　ペトロネアはうなずいた。

「ええ、すぐに採寸をするわ。新しいドレスを仕立ててもらいましょう」

　建国記念日当日は、雲ひとつない晴天に恵まれた。

首都のあちこちで、祝賀の花火が打ち上げられ、大円形競技場にはぞくぞくと観客が詰め掛けた。彼らのお目当ては、なんと言っても午後から行われる皇覧騎乗試合である。

今回、史上初めて、皇帝自らが試合に参加するのだ。

それも、美麗で武勇名高い『銀の狼皇帝』である。

ジークムントの勇姿をひと目見ようと、我も我もと人々が押し寄せ、席を求めて早朝から長蛇の列となった。あまりの人の多さに、開場前から人数制限が設けられたほどだ。

「わあ、すごい人波です。ペトロネア様」

午前中、皇城の最上階にあるペトロネアの私室の窓から外を見下ろしていたメリッサが、素っ頓狂な声を上げた。

そこからだと、隣接した大円形競技場がよく見えるのだ。

すでに催し物の演目は始まっている。犬を使った障害レースや短い歌劇などに、どっと歓声が沸くのがここまで聞こえてきていた。

ペトロネアは身支度を終えて、椅子に座って待機していた。

彼女の出番は、皇覧騎乗試合の行われる午後からなのだが、落ち着かなくて、早々に支度を終えてしまった。

皇帝家御用達の仕立て屋たちは実に有能で、新しいドレスは前日までにすっかり仕立て上がった。

鮮やかな臙脂色のドレスだ。そこに透き通るような白い肌と、輝く金髪が美しく調和している。騎乗試合中のジークムントの目にもよく見えるように、目立つ色合いにしてもらった。髪型も巻き毛の房をいくつも垂らした、豪華な雰囲気だ。うなじはすっきりと露出し、オメガの赤い印は美しい文様のように映えている。装飾品は大粒のダイアモンドで、日の光を受ければキラキラと眩く輝くことだろう。

普段は控えめで慎ましいたちのペトロネアだが、この記念すべき日に、思い切って派手な装いにしたのは、自分の心意気も見せたかったのだ。

ジークムントが自分の名誉をかけて戦ってくれるのだ。

その気持ちに少しでも応えたかった。

彼の馬術や武道の腕前は、今日出場する騎士たちの中でも抜きん出ていると言う評判だが、やはり武運を祈らずにはいられない。

万が一、怪我などせぬようにと、ジークムントに手渡した刺繍入りの腰帯の中に、そっと勝利の女神を彫り込んだお守りのカメオを忍ばせてあった。

やがて、皇覧騎乗試合の時間が迫ってきた。

「ペトロネア様、そろそろ観覧席に参りましょう」

メリッサが声をかけ、ペトロネアはうなずいて立ち上がる。

メリッサに手を引かれ、先導する護衛兵たちの後から、地下の皇族専用の通路を抜けて大円形競技場に入る。

地下道の頭上から、満員の観客の地鳴りのような歓声が響く。

ペトロネアの脈動が速まってきた。

公の場に出るのは、これが初めてだ。

ジークムントが隠し立てをしないせいもあって、皇帝がオメガの恋人を手に入れたという噂は、今や国中に広まっていた。

今日いる観客たちも、ペトロネアが姿を現わすのを興味津々で待っているだろう。

貴族たちだけではなく、国民たちにも評価されるのだ。

緊張感がいやが上にも高まっていく。

豪華に広がったドレスの中で、足が小刻みに震えてくる。

ゆっくりと、最上階の観覧室への階段を上がりながら、ペトロネアは一瞬だけ逃げ帰りたい衝動に駆られる。

観覧室への扉の前まで来ると、ぴたりと足が止まった。

一歩先で手を引いていたメリッサが、怪訝そうに振り返った。

「ペトロネア様？」

ペトロネアはうつむいて、深呼吸を繰り返す。

「ま、待ってね、メリッサ……」

気持ちを落ち着けようとするが、声が掠れてしまう。

「我が未来の皇妃様」

おもむろにメリッサが恭しく言った。

「この世で一番お美しく気高い、未来の皇妃様。何も恐れることはございません。いざ、参りましょう」

メリッサの敬意のこもった力強い言葉に、ペトロネアはハッと顔を上げる。

そうだ――今日の皇覧騎乗試合が無事終われば、ペトロネアは晴れて皇妃と認められるはずだ。

そうなれば、常に公人として振舞うことを求められる。

ここで臆するわけにはいかないのだ。

ペトロネアはきゅっと顎を引いた。メリッサに感謝の目配せを送る。

「参りましょう、メリッサ」

メリッサが護衛兵たちに合図し、扉が重々しく開いた。

とたんに、うわーっという嵐のようなどよめきが襲ってくる。

特別観覧席には、皇室関係者だけが入れる。

すでに、ホーカン公爵夫妻、娘のアニタを始め、皇帝家ゆかりの貴族たちは席に着いていた。

ペトロネアが姿を現わすと、彼らもいっせいにこちらを見た。

アニタはひときわ豪奢（ごうしゃ）なドレスでめかしこんでいたが、ペトロネアの優美さと絢爛（けんらん）さの前には霞（かす）んでしまう。

アニタが憎悪の目で睨んでくるのが感じられる。

だがペトロネアには、それに頓着している余裕はなかった。

想像していたより競技場はずっと広大で、円形の観客席はぎっしりと人で埋まっていて、おそらく何万人もいるだろう。

きゅっとお腹の底が縮み上がるような緊張感。

でも、それが不思議と怖くはない。

ペトロネアは胸を張り、空いている中央の観覧席に進んでいく。

自分に幾千幾万の視線が突き刺さるようだ。

おおっというざわめきが、あちこちから上がった。

それは感嘆の声だった。

もちろん、好奇や蔑みも混じっていたが、ほとんどの観客が賛美に沸き立っていた。

ペトロネアはそれを確かに肌で感じていた。

熱い誇らしさが、身体中を包んだ。

優雅に席に着くと、ペトロネアは顔を上げ、ぐるりと円形競技場を見廻す。

彼女の振る舞いには威厳すら感じさせた。

隣の席に控えたメリッサが、小声でペトロネアに得意げにささやく。

「ペトロネア様、皆、ペトロネアの美しさに魅了されていますわ。あの高慢なホーカン公爵のご令嬢も、すっかり色を失ってます」

ペトロネアはわずかに頬を染めた。

と、突然高らかな喇叭の音が響き渡った。

皇覧騎乗試合に出場する騎士たちが、競技場に登場する。

人々の目はいっせいにそちらに向けられた。

呼び出し係が、今日試合をする四人の騎士たちの名前を、高らかに読み上げ、呼ばれた騎士たちは馬に跨り槍を構え一人一人、競技場の真ん中に出て並んだ。

最後に呼び出し係が、

「ジークムント・レンホルム三世！」

と、ジークムントの名を呼ぶと、競技場中が地割れしそうなほどの歓声が巻き起こった。

ペトロネアも、思わず手摺から身を乗り出す。

臙脂色の馬鎧を着けた白馬に跨った、白い鎧姿のジークムントが颯爽と登場した。

彼は他の騎士たちが身に着けている兜を装着しておらず、美麗な顔を晒し銀髪をなびかせている。腰にはペトロネアが送った白い腰帯をきりりと巻いていた。

武人の格好のジークムントを初めて見たが、なんと雄々しく立派な姿だろう。馬さばきも、人馬が一体となったような滑らかさで、ペトロネアはうっとりと見惚れてしまう。

騎士たちは全員一列に並び、最上階の観覧席にいる皇族たちに向かって、槍を掲げて敬意を表する。

ジークムントの視線はまっすぐペトロネアに向けられていた。

ペトロネアはドキドキ心臓が高鳴る。遠目でも、彼が愛情を込めて見つめてくれているのがわかった。

馬鎧の色がさりげなくペトロネアのドレスと同じ色なのも、嬉しい。

片手をそっと振って、ジークムントに合図した。

四名はくじ引きでそれぞれ組になった。始めに二組が戦い、残った勝者二名が、決勝戦を行うのだ。

すぐに最初の試合が始まる。

ジークムントの出場は二番目だ。

最初の試合に出る二名のうちの黒い鎧の騎士は、群を抜いて体格がよく、馬を足だけでさばいている。一目で、強者とわかる。

二人の騎士は競技場の端と端に分かれた。

審判係がさっと右手を挙げたかと思うと、黒い騎士は風のように馬を駆り、あっという間に相手の騎士の前まで来ると、手にした槍をさっと構えた。槍先が相手の喉元を見事に突き、その騎士はもんどり打って落馬した。そのまま相手は気絶でもしたのか、ぴくりともしなかった。

瞬時に決着がついたのだ。

わあっと場内がどよめく。

ペトロネアは思った以上に迫力のある試合に、別の意味で脈動が速まった。

いくら木製の槍とはいえ武器であることには変わりない。

ジークムントに万が一ということもある。

第一試合の二人が退場すると、すぐに第二試合の騎士たちが入場してきた。

歓声が一気に高まる。

ジークムントは兜を外したままだ。

審判係が何か促すようにジークムントに声をかけたが、彼は首を横に振って、定位置に馬を移動させた。

彼はあくまで兜を着けないで戦う意思らしい。

それは、ジークムントの自信の表れだろうが、ペトロネアは不安でならない。

知らず知らず、胸の前で祈るように両手を組んでいた。

観衆も同じ気持ちなのか、防具なしで戦おうというジークムントに、気遣わしげな声援がしきりに飛んだ。

両者が定位置についた途端、審判係が素早く手を挙げた。

相手の騎士の馬が、どっと前に走り出す。

だが、ジークムントはその場から馬を動かさない。しかも、手にした槍をだらりと下げて、構えすらしない。観衆から驚愕(きょうがく)のどよめきが起こる。

「ジークムント様……っ」

ペトロネアは思わず声を上げていた。

相手の騎士が、無防備に立っているジークムントめがけて、槍を突き出した。

「ああっ」

ペトロネアは恐ろしくて目を瞑ってしまった。

次の瞬間、大歓声が巻き起こる。

ペトロネアはおそるおそる目を開く。

ジークムントは先ほどと同じ姿勢で、何事もないように馬上にいた。

そして、その足元には馬ごと横転している相手騎士の姿があった。

ペトロネアは隣のメリッサにささやきかけた。

「ど、どうなったの？　試合は？」

メリッサは興奮で上気した顔で答えた。

「一瞬で勝負が決まりました。皇帝陛下は、目にも留まらぬ速さで横に避け、そのまま背後から槍で相手の馬の尻を突いたんです。馬が棒立ちになり、そのままもろとも横転して、相手は馬の下敷きになったまま身動きできないでいます――なんて鮮やかな動きなんでしょう。さすがは『銀の狼皇帝』だけありますわ」

ペトロネアは大きく息を吐いた。

ジークムントは相手と武器を交わさないことで、圧倒的な実力の差を誇示したのだろう。

そこには王者としての貫禄も漂わせ、次に対戦する相手への威嚇も含んでいるようだ。

ジークムントは馬の首を返すと、さっさと退場した。

すぐに決勝戦が始まる。

競技場は異様な興奮と熱気に包まれていた。

巧みな動きを見せつけた皇帝ジークムントと、巨漢で剛腕の黒い騎士との対決は、かつてないほどの名勝負になりそうだ。

ざわつく空気の中で、ペトロネアは心配と期待で胸が張り裂けそうだ。

ジークムントが強いことはよくわかっているが、相手の騎士も負けず劣らず腕が立つ。しかも、体格は圧倒的に相手の方が上回っているのだ。

ほどなく、決勝戦の両者が入場してきた。

歓声が否が応でも高まる。

ジークムントはまたしても顔を剥き出しにしている。

先ほどの黒い騎士が相手の喉元を突いたことを思うと、兜を装着して欲しいと、ペトロネアは心底やきもきする。

相手の黒い騎士は、しきりに槍をぶんぶん振って、挑発するような動きをする。しかし、ジークムントはまるで散歩にでも出たような、涼しげな表情だ。

両者が端と端に馬を寄せた。

ふいに、競技場が水を打ったように静まり返った。

騎乗試合史上最高の戦いを、人々は固唾を呑んで見守った。

ペトロネアは息を詰め、両手を強く握りしめ、ひたとジークムントを見つめる。

この一戦に、二人の運命がかかっている。

ペトロネアは祈ることしかできない。

怖くて心配で、心臓が口から飛び出しそうにばくばくいう。

審判係がさっと手を挙げた瞬間、両者は同時に馬を駆った。

ほぼ同じ速さで飛び出し、競技場の真ん中でぶつかり合う。

黒い騎士がジークムントの顔面めがけて槍を突き出す。それをジークムントは難なく自分の槍でかわした。返す槍で、ジークムントは相手の胴を突いた。

しかし重厚な装備の黒い騎士は、微動だにしない。

両者、わずかに後ろに馬を引き、相手の隙を窺う構えになった。

「……」

ペトロネアは唇から血が滲むほど噛みしめているのも気が付かず、ジークムントを見つめる。

強敵と思ったのか、ジークムントの表情がわずかに険しくなっている。

互いにじりじり馬を進め、間合いをはかっているようだ。

と、野太い掛け声を上げ、黒い騎士が攻めかかった。彼は再びジークムントの顔を狙うかと見せて、すんでで胸を突こうとした。

一閃でジークムントは自分の槍の柄でそれを受ける。

と、鈍い音がして、ぼきりと柄が真っ二つに折れてしまった。

「ああっ」

ペトロネアは悲鳴を上げて、両手で口元を押さえた。

競技場のあちこちから同じような悲痛な声が上がる。

黒い騎士は勝ち誇ったように、自分の槍を高々と掲げる。

ジークムントは半分になってしまった自分の槍を眺め、やにわにそれを地面にぽいと投げてしまった。

審判係が、敗北宣言かとジークムントの表情を伺うと、彼は首を横に振った。

まだ戦うというのだ。

観客は咳ひとつせずに、ジークムントを見守る。その場の空気がぴりぴりと張り詰めた。

武器がないのに、どうするのだろう。

ペトロネアは恐怖で全身が小刻みに震えてきて、目を伏せて思わずメリッサに縋り付いてしまう。

「メ、メリッサ……私、とても見ていられない……」

メリッサはしっかりとペトロネアの身体を支え、小声だが力強い声で言った。

「ペトロネア様、大丈夫です。皇帝陛下が負けるはずありません。ペトロネア様が見ておられるのですもの、陛下は百万の味方を得たも同然です」

「メリッサ……」

ペトロネアはうつむけていた顔を上げる。

先ほどは、怖くて大事な瞬間に目を瞑ってしまった。

でも、今度こそ、最後まで見届けるのだ。

愛する人を信じて。

息を深く吸い、ジークムントを凝視した。

黒い騎士は馬を端に寄せると、そこから一気にジークムント目掛けて全速力で突進してきた。

ジークムントは逃げることもせず、まっすぐ相手に馬を向けている。

徒手空拳のままで。

「あ、ぁあ……神様」

ペトロネアは恐怖で気が遠くなりそうだ。だが、視線はしっかりとジークムントに据えていた。

黒い騎士の突き出した槍は、一直線にジークムントの腹を狙った。

刹那、ジークムントは相手の槍の柄をむんずと掴んで止めた。凄まじい反射神経だ。

そのまま相手ごと、槍を強く手前に引いた。

姿勢を崩して、黒い騎士が馬上でよろめいた。が、必死で体勢を立て直そうとする。

やにわにジークムントは、引いていた槍を力任せに前に押しやった。

仰け反って姿勢を正そうとしていた黒い騎士は、その勢いでどうっと背後に落馬した。

素早くジークムントが馬を操り、馬の前足が黒い騎士の胴を踏んで押さえてしまう。じりじりと、馬の足に力が籠る。

このまま馬が体重をかければ、黒い騎士は圧死してしまうかもしれない。

黒い騎士が槍を取り落とし、両手を左右に広げた。

降参の合図だった。

審判係が大声で叫んだ。

「勝負あった！」

直後、ジークムントはさっと馬を後ろに引いた。

そして彼は、高々と右手を天に突き上げた。

いっせいにうわああっという、大歓声が巻き起こる。

「ああ、勝ったわ！」

「きゃあ、やりました！」

思わず、ペトロネアとメリッサは抱き合って歓喜の声を上げていた。

「皇帝万歳！」

「陛下万歳！」

「銀の狼皇帝万歳！」

期せずして、場内からジークムントを讃(たた)える声が上がり、それがあっという間に大合唱となって競技場を揺るがせた。

ジークムントはといえば、汗ひとつかかずあくまで爽やかな表情だ。

そこへ、勝者への花冠を掲げた従者が現れた。

本来なら、皇帝が勝者に花冠を捧げるのが、当の皇帝が勝者ではどうしたものか戸惑っている様子だ。

ジークムントはその花冠を受け取ると、馬をこちらに向け、ゆっくりと近づいてくる。

「ジークムント……様」

ペトロネアはいつの間にか立ち上がっていた。

脇でメリッサがささやく。

「ペトロネア様、行って差し上げてください」

最上階の席の中央には、一階まで下りられる階段がついている。

ペトロネアはその階段を、一歩一歩下りて行った。

観客席と競技場の隔壁ぎりぎりで、ジークムントが馬を止めて待っている。

二人の様子に、歓声が徐々に静まり、やがてしーんと静寂が訪れた。

ペトロネアは隔壁側まで階段を下りた。

目の前に、颯爽と馬に跨ったジークムントがいる。

あまりの格好よさに心臓がドキドキする。

「ジークムント様……」

「ペトロネア。我が愛しの番よ。私に、この栄誉の花冠を被(かぶ)せてくれ」

ジークムントは花冠を差し出した。

ペトロネアは震える手でそれを受け取った。

ジークムントが身をかがめ、頭を下げる。

ペトロネアは感激に泣きそうになりながらも、朗々とした声で言った。

「勝者ジークムント。あなたに勝利の証の冠を授けます」

ペトロネアはそっとジークムントの頭に花冠を被せた。

ゆっくり頭をもたげたジークムントの青灰色の瞳が、わずかに潤んでいた。

彼は柔らかく微笑む。

「勝利の女神よ、承った」

二人は万感の思いで見つめ合った。

そして、どちらからともなく顔を寄せ、唇を合わせた。

衆人環視の中だったが、ごくごく自然な動作だった。

突然、静寂が破られ、地を揺るがすような歓声が競技場内を包んだ。

「皇帝陛下万歳！」

「ヴァルデマール皇国に栄光あれ！」

「勝利の女神に幸あれ！」

観衆は口々に二人に祝福の言葉を投げかける。

唇を離した二人は、耳をつんざくばかりの歓呼の声に呆然とする。

「お前は、この場の者たちの気持ちを一気に攫ったな」

ジークムントが嬉しげに耳元でささやく。

やにわに彼は隔壁越しにペトロネアの細腰を抱きかかえると、軽々と自分の馬の鞍(くら)前に横座りにさせた。

「あ」

いきなり視線が高くなり、ペトロネアは戸惑う。

ジークムントは両腕ペトロネアを支えるようにして、手綱を握った。馬がゆっくりと競技場の真ん中へ進んでいく。

「な、なにをするんですか？」

馬の上下の振動に慣れないペトロネアは、ジークムントの腕にしがみついて小声で尋ねる。

ジークムントは晴れ晴れと答えた。

「今から、お前に求婚する。私の唯一の願いをここで叶えるのだ」

「ジークムント様……」

歓喜と緊張で、声が詰まる。

中央で馬を止めたジークムントは、隅々まで響き渡るような声で言った。

「皆の者。私はこれから勝者として、一つだけ望みを口にする」

観衆は、固唾を呑んでジークムントの言葉を待っている。

ジークムントの右手がそっとペトロネアの右手に重なる。

「私、ジークムント・レンホルム三世は――」

突如、彼の言葉を断ち切るように、馬の甲高い嘶き(いなな)が聞こえた。

「？」

ペトロネアがぱっと顔を振り向けると、先ほど敗者になった黒い騎士が、いつの間にか起き上がり、猛然と馬を駆ってこちらに向かってくる。手には、競技用の槍を構えていた。

あっという間に黒い騎士は迫ってきて、同時に槍の先の防護布を取り払った。

きらっと陽の光を槍先が弾いた。

それは、戦闘用の鋼の槍先だった。

黒い騎士はその槍を構えて振りかぶる。

「危ないっ、ジークムント様っ」

ペトロネアはとっさに、彼をかばおうと抱きついた。

ひゅっと空気を切り裂く音がした。

一瞬早くジークムントは手綱を引き、馬首を巡らせた。くるりと馬が位置を変えた。

ペトロネアは瞬間的に目を固く瞑ってしまった。

どすっと肉を貫く鈍い音がした。ペトロネアに痛みはない。

「え？」

はっと顔を起こすと、ジークムントが血の気の失せた顔でこちらを見下ろしている。

「怪我はないか？」

「は、はい、私は……でも……きゃあっ！」

ペトロネアは悲鳴を上げた。

黒い騎士の投げた槍が、ジークムントの腰のあたりに刺さっていたのだ。

この間、わずか十数秒のことで、事態が呑み込めていなかった周囲の人々も、色を変えて大騒ぎになった。

「いやあ！　ジークムント様、いやぁあっ」

ペトロネアは泣き叫んでジークムントにむしゃぶりつく。

「落ち着け、ペトロネア。急所は外れている」

ジークムントは唸るようにつぶやき、片手を背中に回し、ぐいっと槍を抜き取った。槍先に血が滲んでいる。

だがジークムントは少しも動じることなく、黒い騎士をはったと睨みつける。

「何者だ？　誰の差し金だ？」

黒い騎士はそれには答えず、素早く鎧の内側から口元に手を差し入れた。直後、ぐらりと彼の身体が傾き、真っ逆さまに落馬した。

悲鳴、怒号、狂乱。

場内は騒然となった。

四方八方から、色を変えた護衛兵たちが飛び込んできた。

「陛下、ご無事ですかっ？」

「私は大事ない。それより、曲者(くせもの)を捕らえよ」

ジークムントの命令に、護衛兵たちはいっせいに黒い騎士を取り押さえた。だが、すぐ護衛兵の一人が首を振った。

「もはやこと切れております。服毒自殺をはかったようです」

「……自殺だなんて……」

ペトロネアはぶるっと慄いた。一瞬で、歓喜は恐怖へ変わってしまった。

なにか恐ろしい陰謀があったのだと感じた。

「ペトロネア、じっとして私に抱きついていろ」

ジークムントは片手でぎゅっと抱きしめてくれ、冷静さを保ったまま、てきぱきと命じた。

「曲者の身元を洗え。競技会はこれで終了にする。一般観客たちを、ひとりひとり名前と住まいをあらためてから、帰宅させせろ。無論、高級貴族の方々もだ。私たちは皇室専用通路から、直ちに引き上げる」

それからジークムントは、動揺している観客席に向かって、爽やかな笑顔を浮かべ、朗々とした声で言った。

「皆の者、驚かせた。これは余興である。あまりに私が強すぎるので、試合に面白みにかけるだろうと、一興を演じさせてもらった。はっはっは、少し真に迫りすぎていたようだな」

ジークムントは呵呵大笑した。

浮き足立っていた観客たちは、何事もなさそうなジークムントの姿に、一様に安堵して落ち着きを取り戻す。

「今年の演目はこれですべてだ。最後に、勝利者である私の唯一の願いを述べる。国が永久に繁栄し、国民が平和であることである！　我がヴァルデマール皇国に栄えあれ！」

力強く真摯な言葉に、その場にいた者たちは深い感銘を受けた。

「ヴァルデマール皇国に栄えあれ！　皇帝陛下万歳！」

人々は直立不動になり、ジークムントに対して賛美と敬意の掛け声を上げ続ける。

ジークムントは四方にゆったりと手を振りながら、競技場の皇帝専用通路に馬を向けた。

背後に雨あられと歓声を受けながら、ジークムントとペトロネアは退場した。

通路の扉が閉まると、ペトロネアを抱いていたジークムントの腕からみるみる力が抜けていく。

「ジークムント様、早くお手当てを、早く！」

嗚咽をこらえながら訴える。

「わかっている。こんな事態になってすまぬ。お前への求婚がかなわなかったな。辛いだろうが、心配するな」

ジークムントはあやすように背中を撫でた。しかし気力もそこまでだったようで、ジークムントは連れ立ってきた護衛兵の手を借りて、抱き抱えられて下馬した。

（——辛くて苦しいのはジークムント様なのに……）

あくまで民たちとペトロネアを気遣う彼の器の大きさに、ペトロネアは胸を打たれた。

そのまま、直ちにジークムントは侍医の治療を受けに医務室に入った。

医務室の待合室で、ペトロネアは不安に押しつぶされそうな気持ちを必死で抑えていた。

メリッサが駆けつけてきて、その後の事態を知らせてくれた。つつがなく観客たちは帰宅し、騒乱は収まったという。

皇帝側からは改めて、一連の事態は観衆を驚かせるデモンストレーションの一つであり、ジークムントには怪我ひとつないということを正式に発表した。

何かしらの陰謀があり、皇帝暗殺が目論まれた事は隠匿されたのだ。

公衆の面前での皇帝暗殺事件というのは、前世紀以来のことで、人心を乱さないためのジークムントのとっさの配慮と言えた。

しかし、事実は恐ろしい事件が起こったのだ。

ジークムントのような不世出の皇帝を暗殺しようとする、不埒（ふらち）な者がいるなんて——。

ペトロネアは、その時初めて、国の頂点に立つ支配者にはこのような命の危険が常にあるのだということを悟った。

あの時。

どうして自分が身代わりにならなかったのだろう。ジークムントの方が、とっさに身を挺してペトロネアをかばってくれたのだ。

「ああ神様……どうか、どうかジークムント様をお守りください。お怪我が深くありませんように」

ペトロネアは床に跪いて、心を込めて祈り続けた。

二時間ほどして、やっと医務室の扉が開き、侍医に付き添われてジークムントが自分の足で歩いて出てきた時には、心から胸を撫で下ろした。

「ジークムント様っ」

思わず抱きつこうとして、ハッと彼が怪我人（けがにん）であることを思い出し、足を止めて自制した。

侍医はペトロネアに恭しく告げる。

「槍先が、筋肉の間に刺さっていたのが幸いでした。思ったより軽症でございます。ひと月もすれば、傷は塞がるかと」

ペトロネアはほうっと息を吐いた。

「ああ、よかったです」

「では、明日の朝、また治療にお伺いします」

侍医が一礼してその場を去る。

二人きりになると、ジークムントは少しやつれた顔をしていたが、いつも通りの張りのある声で言う。

「心配するな。こんなもの、戦場ではしょっちゅう負っていた。大事ない」

「ああ……」

その場にへなへなと頽れてしまう。

「よかった……ほんとうに、よかった……」

気が緩むと、涙が溢れてくる。

ジークムントが手を差し伸べ、ペトロネアを引き起こした。

そして、いきなり強い声を出したのだ。

「馬鹿者！　あの時、お前は私の盾になろうとしたろう？」

「え……？」

怒鳴られるとは思ってもいなかったので、ペトロネアはうろたえてしまう。

「私が間一髪で馬首を返さなかったら、あの槍はお前の背中を貫いていたかもしれないのだぞ！」

ジークムントがペトロネアに向かって怒りを剥き出しにするのは、初めてだった。

怯えながらも必死で反論する。

「でも、でも、あなたを失うくらいなら……私は、死んでもいいんです……あなたはこの国になくてはならぬ人。それに比べたら、私など、取るに足らぬ存在なのですから」

「馬鹿者っ」

ジークムントは目元を真っ赤に染めて、さらに声を張り上げる。

「お前を失ったら、私は死んだも同然だ！　永遠の番を失ったら、私はもはや生きている意味がない！」

「ジークムント……様」

ペトロネアは涙目を見開き、同じように潤んだ瞳のジークムントを凝視した。胸を打つ心底からの叫び。

ふっと我に返ったのか、ジークムントが身体の力を抜いた。

「すまぬ、怒鳴ったりして——だが、お前が無事で本当によかった——これからも、無茶はしないでくれ。私が必ずお前を守るから」

ペトロネアの目からぽろぽろと涙が零(こぼ)れ落(お)ちる。

「はい……はい」

ジークムントはいつもの穏やかな笑みを浮かべた。

「だが、今回は結局、私はお前に命を救われたのだがな」

「え？」

きょとんとすると、ジークムントは上着の懐から、何かを取り出して差し出した。

彼の掌の上に、大きく破損したカメオが載っていた。

「あっ、それは……」

ジークムントの武運を祈って、彼の腰帯にそっと縫い込んだカメオのお守りだ。

「曲者の槍は、ちょうどこのカメオの真ん中に命中したのだ。おかげで、私への衝撃が軽いものですんだ」

「ああ、ああ……神様」

ペトロネアは壊れたカメオのお守りをそっと受け取り、強く握り込んだ。

「神様が、ジークムント様を守ってくださったのですね」

「いや、違う」

ジークムントの手が、愛おしげにペトロネアの頬を撫でる。

「お前が守ってくれたのだ。お前の深い愛が、不埒な陰謀を防いでくれた」

指の温かさに、愛する人が無事である喜びがいや増した。

「ジークムント様……」

ペトロネアは、そっと包み込むようにジークムントに抱きついた。

と、そこへ、廊下をどたばたとけたたましい足音がした。

「陛下、ご無事でなによりでした」

息を切らしてホーカン公爵が現れる。その背後には、タマル議員長もいた。

「うむ、事後処理を頼んでしまって、すまなかった叔父上、タマル議員長。だが、つつがなく祝賀が終了して、なによりだ」

　すると、ホーカン公爵はまん丸の顔を真っ赤にして、声を荒げた。

「何をおっしゃる！　皇帝の暗殺未遂ですぞ！　こんな不祥事、もう百年の長きにわたり、起こったためしがない。今までずっと、レンホルム皇帝家の世は安泰だったのです。それが——」

　ホーカン公爵は、やにわにペトロネアをきつい目で睨んだ。

「この娘が現れてから、何もかもおかしくなってしまった。陛下もこの娘にたぶらかされ、どこか気もそぞろであられた。その緩みが、今回の事件を引き起こしたです。いや、もしかしたら得体の知れぬこの娘が、暗殺事件の元凶かもしれませぬ。陛下、この娘は疫病神以外の何者でもありませぬ、どうかすぐにこの娘を追放なさって——」

　息もつかずにまくし立てるホーカン公爵の剣幕に、ペトロネアは震え上がる。

「得体の知れぬ娘」というなにか含みのあるような言葉に、ひやりと背中に冷たいものが走った。

「——なるほどわかった。要するに叔父上は、私が若い娘に溺れて骨抜きになり、政事をないがしろにしている、と言いたいのだな？　この暗殺未遂も、私の自業自得であると？」

　ジークムントの声色はいたって平静だったが、彼の青灰色の目は殺意に満ちてぎらぎらと光っていた。

　気の弱い者だったら、その眼差しだけで腰を抜かしてしまったろう。

　ホーカン公爵もさすがに声を呑んで勢いを失う。そして、絞り出すようにぼそぼそと答える。

「いえ——そこまでは、言っておりませぬ——」

ジークムントは、ペトロネアの腰に手を回し、自分のそばにぴたりと引き寄せた。

「確かに、永遠の番を得て、私にも少し油断があったかも知れぬ。だがもう二度と、このような事態は招かぬ。いまここで、宣言する。私は必ず、歴代最高の皇帝になってみせる。それも、ペトロネアと共にだ！」

室内なのに、ざわっと風が吹いたように、ジークムントの銀髪が逆立った。

恐ろしいほどの迫力と威厳だった。

ペトロネアすら、今まで感じたことのない風格を漂わせてるジークムントに圧倒されてしまう。

「――ぶ、無礼を申しあげました。失礼します」

恐れ慄いた風で、ホーカン公爵は頭を下げたまま、そそくさと踵を返す。

ただ、ずっと無言でいたタマル議員長は真っ青な顔をしたまま、まだ何か言いたげにそこに残っていた。

「タマル議員長、まだなにか？」

ジークムントが固い声で言うと、白髪の議員長はしゃがれた声で答える。

「陛下――ご無事でなによりでした」

それだけ言うのが精いっぱいのようで、タマル議員長はよろめきながらホーカン公爵の後を追った。

廊下の向こうに二人の姿が消えてからも、しばらくジークムントは凄まじい眼差しでそちらを睨んでいた。

「お前を侮辱する奴(やつ)は、神であっても許さぬ」

彼の声は狂気めいた憤怒に満ちていた。

ジークムントの感情の起伏の激しさには、ペトロネアも呆然とすることが多い。

往々にして彼の激情は、良きにつけ悪(あ)しきにつけ振り切れる。

そこが彼の強い魅力であり危ういところでもあると、ペトロネアは感じた。

だからこそ、番である自分がしっかりしなくてはいけない、と自戒の念を新たにする。

「……ジークムント様……もう、お休みなられた方がよろしいです。お怪我に障ります」

ペトロネアが諫(いさ)めるように声をかけると、ふっとジークムントから邪気が抜けた。

「ああ――そうだな」

彼の顔が柔らかく解けた。

「驚かせてしまったか？　このような事態を引き起こしたのは、決してお前のせいではない。結局は、まだまだ私の威光が足りぬということだ――せっかく今日、お前を正式に手に入れる機会だったのに、その場の民衆の気持ちを収めることを優先してしまった。本当にすまなく思っている」

ペトロネアはずっとそばにいて、ジークムントがたゆまぬ努力と鍛錬を怠らずにいたことを知っている。

それなのに、すべては自分の責任だと断言する彼に、心臓がぎゅうっと締め付けられる。

そして、ジークムントの覚悟に比べて自分がいかに甘かったか、つくづく悟る。

「ジークムント様……私、あなたとずっと生きていきたいです」

胸の底から溢れる言葉だった。

「あなたを支え、あなたの力になり、あなたと共に前を向いて生きていきたい。ずっとずっとです」

きっぱりと言い切った。

ジークムントは感銘を受けたようにこちらを見つめている。

「それは——最高の愛の言葉だな」

ジークムントはしみじみした声で言い、そっと顔を寄せてくる。

「ペトロネア、お前のために闘ったこの騎士に、勝利のキスをくれ」

「はい」

ペトロネアは彼の首に両手を回し、啄ばむような口づけをそっとした。

顔を引こうとすると、やにわにジークムントの手が後頭部を抱え込み、引き寄せる。

「んぅ……」

唇が強く合わさり、彼の舌が口腔へ侵入してくる。

「んゃ……だ、め……んっ」

舌を搦め捕られきつく吸い上げられると、たちまち甘い痺れに四肢の力が抜けてしまう。

「だ……ぁ、あ、んんんぅ、んん……ぅ」

貪るような口づけを仕掛けられ、その心地よさに耽溺しそうになる。舌の付け根を甘噛みされ、息が止まりそうになり、頭が酩酊してくる。

体温がみるみる上昇し、下腹部の奥にちりちりと妖しい疼きが生まれてくる。

「や、もう……もう、いけません」

ペトロネアは弱々しく、両手でジークムントの胸を押しやった。唇が引き離され、唾液の銀の糸がすうっと尾を引いた。

ジークムントは熱を帯びた眼差しで、ペトロネアを見つめる。

「欲しくなった」

「いえ、もう今宵は、このままお休みください」

「いやだ、欲しい」

まるで駄々っ子のように言い張るジークムントに、ペトロネアはやんわりと諭す。

「お背中に怪我を負われているのです。閨での行為はお身体に障ります」

するとジークムントは、にやりとする。

「わかった。身体に障らなければよいのだな」

彼はやにわにペトロネアの細腰を抱えると、くるりと背中を向かせた。

「え？　あっ？」

「両手をそこについて」

壁に手をついて、腰を後ろに突き出す格好にされた。

ジークムントはそのままスカートを大きく捲り上げた。ペトロネアはうろたえる。

「やあ、こんなところで……」

「ここは私の個人の領域だ。誰も来ぬ」

ジークムントはさっさとペトロネアの下穿きを引き下ろしてしまう。下半身が剥き出しになり、羞恥に全身がかあっと熱くなる。

「だめ、だめです、恥ずかしい……」

「すぐ済む」

宥(なだ)めるように言いながら、ジークムントはペトロネアの下肢に手を這わせ、和毛(にこげ)の奥の花弁をまさぐってきた。ぬるっと彼の指が滑る。

「なんだ、キスをされただけで、もうこんなに濡らしていたのだな」

ジークムントは勝ち誇ったように、くちゅりと秘裂を暴き、蜜をたたえた浅瀬を掻き回した。

「ぁあっ、だめ……っ」

びくんと腰が浮く。

ジークムントは溢れる愛蜜を掬(すく)い、花弁をなぞり上げ、行き着いた先の秘玉に塗りこめるようにいじってきた。

「はぁ、そこ、だめ、は、あぁん」

鋭敏な花芽をぬるぬると擦られると、痺れる快感にぴくぴくと腰が跳ねた。

「そら、どんどん濡れてきた」

ジークムントはもう片方の手を胸に回し、深い襟ぐりからコルセットの内側に手を滑り込ませた。

「あっ、ん」

ひんやりした掌の感触に、乳首がつきんと反応する。その尖り始めた突起を、男の指先がきゅうっと摘み上げた。

「はぁっ、あ、やぁ、だめ……っ」

指先が凝った乳首をくりくりと抉り、一方で同じリズムで秘玉を転がされ、下肢が蕩けそうなほど感じ入ってしまう。

「息がすっかり上がっている。お前はなんて感じやすくていやらしい身体をしているのだろうな」

背後から、ジークムントが下腹部を柔らかなペトロネアの尻に押し付けてきた。

彼のそこがすでに硬く張っているのが感じられ、つーんと子宮の奥が甘く疼いた。

「んん、あ、あ、だめ、だめ、もう、やぁ……っ」

いやいやと赤子のように首を振って、襲ってくる劣情に耐えようとした。だが、火が着いてしまった欲望はますます膨れ上がるばかりだ。

「いやではない、欲しい、だろう？　ペトロネア」

ジークムントは押し付けた自分の腰を、円を描くようにいやらしく擦り付けながら、さらに上下の突起を刺激し続ける。

はしたない行為をあらざる場所で仕掛けられているという背徳感が、いつもよりさらに感覚を鋭敏にしてしまうようだ。

みるみる快感が迫り上がってくる。

「あ、だめ、もう……あ、達っちゃ……う、あ、だめぇっ」

あっという間に軽い絶頂に達してしまい、膣奥が強くイキむ。

ペトロネアは透明な飛沫をじゅわっと溢れさせた。ぱたぱたと雫が床に滴り、高級な絨毯にはしたない染みを広げていく。

「……はぁ、は、あ、ぁ、あぁ……」

肩で息をしていると、ジークムントが揶揄うように言う。

「いつもより、もっと感じているようだな。いやらしいペトロネア。ほんとうは、恥ずかしくされるのが、好きだろう?」

意地悪な言葉攻めも、さらに身体を燃え上がらせるばかりだ。

「……ん、んん……はい……」

消え入りそうな声で、肯定してしまう。

「ふふっ、可愛いな」

ジークムントの節高な指が、ご褒美でも与えるように媚肉の少し奥まで突き入れられる。

「あっ、あぁん……」

熟れきった淫襞が、ジークムントの指に美味そうにむしゃぶりつき奥へ引き込もうとする。

だが彼は意地悪く、するりと浅瀬へ指を引き返してしまった。

「やぁ、あ、やぁあん……ジークムント様……ぁ」

ペトロネアは思わず不満げな鼻声を漏らしてしまう。

「なんだ? 恥ずかしいのだろう? もうやめるか?」

　ジークムントはしれっとした声を出す。彼の欲望だってはち切れんばかりに漲っているのに、余裕があるそぶりが憎たらしいほどだ。

「ん、ん、や……もう、やぁ……」

「では、どうしたいのだ?」

「あ、あぁ、あ」

　突起だけで達かされてしまうと、逆に奥をめいっぱい満たして欲しくて辛くなる。

　ペトロネアは焦ったそうに白い尻を振り立てて、止むに止まれぬ衝動に突き上げられて声を上げる。

「お願い……ジークムント様のがいいの……奥まで挿入れて……」

「いい子だ。私のが欲しい?」

「欲しいの、いっぱいいいっぱい、欲しいのぉ」

　背後でジークムントが、前立てを緩めるかすかな衣擦れの音がした。その音にすら感じ入ってしまい、じゅんと膣襞が濡れてしまう。

　ジークムントの両手が、おもむろにペトロネアの柔らかな双臀を掴み、左右に押し開く。

「はぁ、ん」

　綻んだ花弁が待ち焦がれて、ひくひく戦慄く。そこへ、ジークムントの熱く硬い切っ先が押し当てられた。彼はまだ焦らすように、浅瀬をぬるぬると行き来する。

　飢え切った子宮が痛いほどつーんと疼いた。

「ああん、あ、もう、やぁ、もう、お願い、奥に……」

思わず自分から尻を後ろに突き出していた。

それとほぼ同時に、ジークムントは力任せに腰を押し付けてきた。

「はぁああぁっ」

ずずんと最奥まで一気に貫かれ、激しい愉悦にペトロネアはあっという間に達してしまった。

一瞬気を失ったかと思うほどの官能の衝撃だった。

「ああすごいな、もう達したか」

ジークムントが息を乱し、そのまま性急な動きで抽挿を開始した。

「はぁっ、あ、あはぁ、あぁ、あぁあん」

傘の開いた先端が、感じやすい媚肉をごりごり削るみたいに擦っていくのが、たまらなく心地よい。最奥を突き上げられるたびに、達してしまい、快感がどんどん上書きされていくようだ。

「く——この締め付けは、ひとたまりもないな」

ジークムントがくるおしげに低く唸る。

彼だって、ぎりぎりまで耐えていて、もはや余裕がないに違いない。

ペトロネアの尻を引きつけると、さらにがつがつと腰を穿ってきた。

「あぁっ、はぁっ、あぁ、すご……い、あぁ、すごい、のぉ……っ」

どうしようもない媚悦に、生理的な涙がぽろぽろ零れる。

ジークムントの激しい律動に、腰ががくがくと揺れ、結合部が熱く蕩けて、もはやどこまでが

自分でどこまでがジークムントなのか判断できない。

「ああ、お前のオメガの印が、真っ赤に色づいて――」

腰を打ち付けながら、ジークムントが覆いかぶさってきて、うなじをちゅっと強く吸い上げた。ちりっと灼け付くような痛みが走るが、それすらも淫らな快感を増幅させてしまう。

「つぅ、あ、あぁん、はぁあぁん」

ジークムントは汗ばんだペトロネアのうなじに顔を埋め、深く息を吸う。

「ああ匂う。お前の香りだ。オメガのいやらしくて甘くて濃密な香り――たまらない」

くぐもった声が直接ペトロネアの身体に響き、彼との一体感がさらに増したようで、灼熱の蜜壺が小刻みに収斂を繰り返した。

ジークムントの太い肉胴が、どくどくと激しく脈打った。

「お――もう、終わるぞ、ペトロネア、出す、出すぞ」

最後の仕上げとばかりに、ぬるついた男根が熟れ襞を巻き込んで引き摺り出され、再び最奥へ突き入れられる。

「あぁ、あぁ、ください、あぁ、いっぱい、いっぱい、くださいっ……」

もう頭は快楽で真っ白で、数え切れないほど達してしまい、ただただ終わりを待ち焦がれる。

ぶるぶると内腿が震え、最後の絶頂が襲ってくる。

「だめ、ああ、もうだめ、だめぇ、あ、あぁ、あああ、達く、イクゥ……っ」

「く――っ」

ひときわ激しく突き上げられ、下腹部がどろどろに蕩ける感覚と共に、ペトロネアはビクビク痙攣しながら達してしまう。濡れ襞の断続的な締め付けに、ジークムントもほぼ同時に極め、熱く滾った白濁液が、最奥へ吐き出された。

「……んん、あ……っ、はぁ、は、はぁ……ぁ」

激しい絶頂の余韻に、媚肉がきゅんきゅんと蠕動(ぜんどう)をやめない。そこへ、ずん、ずんと最後のひと雫まで、ジークムントが欲望を注ぎ込む。

「――ああ、ペトロネア」

まだ朦朧として法悦の波に漂うペトロネアの身体を背後から強く抱きしめ、ジークムントはオメガの印に繰り返し口づけをする。

「可愛い、愛しい、私の永遠の番。愛している、愛している」

「……ぁあ、あ、は……ぁ、ジークムント様……ぁ」

ペトロネアは顔を振り向け、潤んだ瞳で彼を見上げる。

「私も、愛しています、愛しています」

せつなさと愛おしさと心地よさで、もう一つになったまま、死んでしまってもいいとすら思えた。

「ペトロネア、ペトロネア」

ジークムントがペトロネアの愛の言葉を受け止めるように、唇を覆ってくる。

「んん、んぅ、んん……」

ペトロネアも夢中になって、その口づけに応えた。

口唇を味わい、舌を深く搦め、くちゅくちゅと唾液を弾かせ、言葉にならない想いを伝え合う。

ジークムントの傷は、ひと月足らずで癒えた。

もともと身体を鍛えていた彼は、負傷した翌日からいつも通りに執務に励み、暗殺未遂など起こったことが嘘のような回復力だった。

しかし、服毒自殺した黒い騎士の素性は分からないままで、彼の単独行動なのか、はたまた何者かに指示されて動いたのかも判然としなかった。

華やかなジークムントの治世に、うっすらと暗い影が差し始めていた。

第五章　消えた印

風に初冬の気配が濃厚に感じられるようになった、ある日の午後のことである。

その日ペトロネアは、ダンスのレッスンを受けるためにメリッサをお供にして、皇城の奥にあるダンス室に向かっているところだった。

年の終わりには、皇帝主催の舞踏会が大々的に執り行われる習わしになっている。

日をまたいでの、夜通しの舞踏会で訪れる新年を祝うのだ。

国中の主だった貴族たちが招待され、それは華やかで賑やかな舞踏会であるという。

新年の直前に、皇帝が最後のダンスを披露するのが慣例だ。

ジークムントはその相手に、ペトロネアを指名するという。

そのため、最近はダンスの練習に熱を入れているのだ。

先だっての騎乗試合での事件で、ペトロネアへの求婚ができないままになっていて、ジークムントはそのことをひどく気に病んでいた。そのため、こうした大掛かりな公の場に率先してペトロネアを連れ出し、人々に彼女の存在感を印象付けたい意向のようだ。

ペトロネア自身は、ジークムントのそばに居られるだけで幸せで、いつか時が来れば結婚も叶うだろうと、悠長に構えている。が、生来が性急なたちのジークムントとしては、一刻も早く正式にペトロネアと婚姻を果たしたいのだろう。

ジークムントのそういった気配りや、社交界を中心に交友関係を広げていくペトロネアのたゆまぬ努力によって、二人の仲は徐々に受け入れられていくようだった。

長い廊下を抜けてダンス室へ辿り着くと、扉の前で佇んでいる令嬢がいた。

アニタだ。随分と久しぶりに対面する。彼女もダンスのレッスンを受けに来ているのだろうか。

「ごきげんよう、アニタ様。ダンスのレッスンは終わりましたか?」

穏やかに声をかけたが、アニタは冷ややかに一礼したのみだ。

「失礼しますね」

ペトロネアは笑みを絶やさないようにして、彼女の前を通り過ぎようとした。

その時、アニタが低い声で言った。

「ペトロネア様、ケルナー伯爵家をご存知ですか?」

瞬間、心臓がばくんと大きく跳ねた。

「え?　なんでしょうか?」

さりげなく聞き返すが、脈動が速まるのを止められない。

アニタはペトロネアの狼狽を察知したのか、薄ら笑いを浮かべた。

「父が何もかも知っておりますわ。お気になるのなら、父に直接お尋ねになるといいわ」

彼女はそれだけ言うと、ペトロネアの前を通り過ぎて、踵を返して廊下の向こうへ去って行ってしまった。通りすがりに、アニタが素早くペトロネアのスカートのポケットになにか押し込んだのを感じた。

ペトロネアは、身体の血が一気に冷えていくような気がした。

なぜアニタが、ケルナー伯爵家の名を知っているのだろう。

嫌な予感がした。

「ペトロネア様？　いかがなさいました？　またあのホーカン公爵令嬢が、なにかつまらないことを申しましたか？」

メリッサには今の会話が耳に届かなかったようで、不審げな顔をする。

ペトロネアはとっさに取り繕う。

「いいえ、時節の挨拶をしただけよ。さあ、ダンスの先生を待たせてしまうわ。行きましょう」

何事もなかったかのように振る舞った。

けれど、その日のレッスンは気もそぞろであった。

レッスンが終わると、ペトロネアは急いで私室に戻り、人払いをしてから、アニタがポケットに忍ばせたものを恐る恐る取り出す。一枚の紙片だ。そこに、

「明日　昼前　皇城の礼拝堂にて　お一人厳守　ホーカン公爵」

と短く記されていた。

紙片を持つ手が細かく震える。

ホーカン公爵はペトロネアの過去について、なにか知ったのだろうか。

ジークムントとの結婚に反対する貴族議員たちの筆頭にいる彼が、ペトロネアをわざわざ呼び出すのは、良い話とはとても思えない。

恐怖が身体中にじわじわ広がっていく。

しかし、ジークムントに相談するわけにはいかなかった。

彼に隠している最大の秘密。知られたくない過去。

愛が深まりすぎて、そんな後ろ暗いことから、目を逸らし続けていた。もしかした、このままずっと隠しおおせるかもしれない、などと考えていた自分の浅はかさを思い知った。


翌日昼前。

ペトロネアは司祭様に告解するという名目で、一人で皇城内にある小さな礼拝堂へ赴いた。

不安で押しつぶされそうだが、これはペトロネア自身の問題だ。逃げも隠れもできない。

とにかく、ホーカン公爵の話を聞くしかない。

礼拝堂に入っていくと、一番奥の祭壇の前にでっぷり太ったホーカン公爵の姿があった。

「おお、よく参られたな、ご令嬢」

ペトロネアの姿を見ると、ホーカン公爵は手招きした。足音を忍ばせて、祭壇の前まで進む。

息を深く吸い、平静な声を出そうと努めた。

「何のご用でしょうか、公爵様」

ホーカン公爵は気を持たせるようにしばし無言で、不躾な視線を投げてくる。やがて、重々しく話し出す。

「──あなたが、皇帝陛下に近づいたわけがわかりましたよ」

「どういう意味ですか？」

「せんだって、私の元に、匿名で一通の告発状が送られて来ましてねえ」

ホーカン公爵は、上着の内ポケットから一葉の封書を取り出した。焦らすようにゆっくりと中から手紙を取り出す。彼はそれを読み上げた。

「皇帝陛下の愛人、ペトロネア・アウグストンは、実は前皇帝陛下に対する反逆罪で取り潰された、ケルナー伯爵家の長女である。彼女は皇帝陛下の結婚相手には、ふさわしくない」

聞いているうちに、ペトロネアは目の前が真っ暗になり、倒れそうになった。

誰がそんなものを──。

読み終わったホーカン公爵は、目を眇めてペトロネアの様子を窺う。

「いかがでしょう？　この告発状は、真実でしょうか？」

「そ、それは……」

顔から血の気が引き、足がガクガク震えてくる。

ホーカン公爵は勝ち誇って言う。

「そのご様子では、真実のようですね」

ペトロネアは必死で反論した。

「そんなもの、誰かの悪意ある偽りです。手紙を、見せてください」

「どうぞ」

渡された手紙の筆跡を見て、ペトロネアはさらに後頭部を殴られたような衝撃を受けた。

ヨーランの筆跡だ。

その昔、彼の受験勉強のために、ノートの整理などを手伝ってあげていた。確かに、見慣れた弟の筆跡であった。

（ヨーランが……私を、告発……）

最後に別れた時の、ヨーランの憎しみのこもった表情を思い出す。

思い余ったヨーランが、こんな暴挙に出るとは。

ペトロネアは全身から力が抜け、よろめいて側の礼拝机に手をついた。

そんな様子を、ホーカン公爵は猫がネズミをいたぶる眼差しで見ている。

「まあ貴女(あなた)が否定しても、当方ではこの情報を頼りに、すでに調査済みですがね。あなたは、紛れもなくケルナー伯爵家のご令嬢だ。要するにあなたは、邪悪な企(たくら)みを持って陛下を誘惑したのだな？」

ペトロネアはパッと顔を上げる。

「いいえ、いいえ、違います。私には決してよこしまな気持ちはありません！　陛下に巡り合ったのは、本当に偶然です！」

真摯に訴えるが、ホーカン公爵は冷徹に言う。

「まあ今となっては、どちらでも構わぬが、あなたが陛下にふさわしい女性でないことは、これで決定した。この事実が発覚すれば、誉れ高きレンホルム家の名誉に傷がつく」

ペトロネアはがっくりと首を垂れる。

ジークムントの足かせにだけはなりたくない。涙ながらに訴えた。

「……どうか……陛下には内密に……私は、今すぐ城を去りますから……」

ホーカン公爵は首を横に振る。

「いや、貴女が姿を消したら、あなたにご執心の陛下は躍起になって追い求めるに違いない。なにせ、陛下はアルファ、あなたはオメガなのだ。人一倍、執着と求心力が強い。今までの陛下の言動を見れば、わかることだ」

それはその通りかもしれない。ペトロネアが突然城を去れば、ジークムントは狂ったように探し出そうとするだろう。ペトロネアは嗚咽を堪えながら尋ねる。

「で、では……私は、どうしたら……」

その言葉を待っていたように、ホーカン公爵は袂(たもと)から、小さなガラスの小瓶を取り出した。中に、血のように紅い液体が入っている。

「実は、皇帝家には、代々伝わる秘薬がござる」

「秘薬……？」

「皇家のゆかりのオメガの令嬢は、この薬を呑むことで、普通の女性の身体に戻ることができるのだ。皇帝に選ばれなかった場合、一般男性と結婚できるようにね。この薬を呑めば、ヒートもいっさい来なくなる。あなたがオメガでなくなれば、皇帝陛下の執着も失せてしまうだろう」

「……」

声を失うペトロネアに、ホーカン公爵はしれっと付け加える。

「実のところ、密かにあなたに呑ませることも考えたのだ。なにせ、陛下の守りが固くてね。あなたの食事には、毒味係が三人も付いている。この薬はいささか毒々しい色をしておるので、すぐに発覚してしまう。実行にはいたらなかったが、こういう状況では話が違う」

ホーカン公爵は小瓶を差し出した。

「あなたの意志で、これを呑んで欲しい」

「私が……？」

ペトロネアは手を出すことを逡巡してしまう。

もし、その薬を呑めば、一介の洗濯係に戻ってしまう。

オメガでなくなれば、おそらくジークムントの自分に対する激情も冷めるだろう。

あんなに愛されたことが、夢のように消えてしまうのだ。

ためらっているペトロネアに、ホーカン公爵は追い討ちをかけてくる。

「あなたには、国立の大学に通っている弟がおられるようだね？　あなたのスキャンダルが公になったら、その弟も大学にいられなくなるだろうよ」

ペトロネアはハッと息を呑んだ。

たとえ告発状を書いたのがヨーランだとしても、たった一人の大事な愛しい弟であることに変わりはない。もはやこの状況では、ペトロネアの身の破滅はまぬかれないだろうが、ヨーランだけは初志を貫徹して欲しい。

「弟は……ヨーランは、この件には何も関わりがありません！」

ペトロネアはホーカン公爵の手から、小瓶をひったくるように受け取った。

小瓶をぎゅっと握りしめ、真剣な眼差しでホーカン公爵を見つめて、きっぱりと言う。

「薬を呑みます。でも、ひとつだけ。ヨーランの奨学金を止めないで。大学を追い出さないで。あの子に学業を続けさせてあげてください。私はどうなっても構わない、でも、弟だけは助けてください！　それを約束してくれなければ、この薬は呑みません。そして、私からこの件を暴露します。このままでは、スキャンダルで皇帝家は混乱し、ジークムント様の執着は収まりません。互いに、益（えき）がないでしょう？」

ホーカン公爵はその迫力に気圧され、見直したようにペトロネアをまじまじ見た。

「これは——この期に及んで、窮地を逆手に取ってくるとは。死なばもろともというわけか。なかなかに、機転のきく聡明なご令嬢だ。陛下のご執心が少し理解できるような気がする。よろしい、約束しよう」

ペトロネアはほっと息を吐いた。

すかさずホーカン公爵が反撃に転じる。

「では、今すぐここで、私の目の前でその薬を呑んでくれたまえ」

「……はい」

ペトロネアは震える手で小瓶の蓋を取る。

これを呑めば、自分はジークムントからの愛を失ってしまうのだ。

口元に小瓶をあてがう前に、ペトロネアは消え入りそうな声で尋ねた。

「この薬は――即効性ですか?」

「いや、効果が出るまでは半日ほどかかる。貴女がオメガでなくなるのは、今日の深夜過ぎ頃だろう。オメガの印が消滅するので、すぐ効き目のほどがわかるという」

「半日経つと……印が消えるのですね」

身を切られるような辛さに、涙が零れそうになる。

かつて、ジークムントと出会ったばかりの頃は、オメガである自分の身体が厭わしいと思ったこともあった。ヒート期が来れば、互いのことしか見えなくなり、情欲に溺れてしまうのも恥ずかしかった。

でも今は、ジークムントに永遠の番に選ばれたことが、誇らしくてならない。

彼を深く知るにつけ愛情が強くなり、ジークムントのためなら命を投げ出すことも厭わない。

彼への想いは、情欲を越えて、崇高なものに昇華された気がした。

だからこそ、この薬が呑める。

ヨーランを守りたい一心もあるが、辛酸を舐めながら不世出の皇帝にまで上り詰めたジークムントの将来を、閉ざしたくなかった。

彼には、正当な瑕疵のないオメガの令嬢を選んで結婚し、幸せな家庭を築いて欲しい。

所詮、叶わぬ恋だったのだ。

運命に翻弄されたが、愛し合った思い出は永遠にペトロネアの胸に刻まれている。

（さようなら、ジークムント様。愛しています、今までも、これからも……どうか、ますますご立派な皇帝になってください）

ペトロネアは心の中で強く念じ、小瓶を口に当てると、一気に呑み干した。

喉に引っかかるような苦い味が口腔いっぱいに広がったが、ためらわずに嚥下した。

直後、胃の中が燃えるように熱くなる。

「っ……ごほ、ごほ……っ」

咳き込みながらも、ペトロネアは空になった小瓶をホーカン公爵に見せつける。

「こ、これで、いいでしょう？　全部呑みました」

目を見開いて一部始終を見ていたホーカン公爵は、重々しくうなずく。

「うむ。見届けた。では、貴女は明日には皇帝陛下の元を下がるということで、いいのかな？」

「そうなりましょう。オメガではない私を、陛下が手元に置くはずもございませんから」

ホーカン公爵は胸をそびやかし、甲高い声で笑った。

「ははは、これで晴れて、我が娘が陛下の正妃に選ばれることだろう」

ペトロネアはもはやその場にいたたまれず、うつむいて踵を返す。

よろめきながら、礼拝堂を飛び出した。

まだ胃の中は煮え繰り返るようで、吐き気もしてきた。でも、薬を嘔吐（おうと）するわけにはいかない。

回廊の柱にもたれ、息を整える。

徐々に、不快さがおさまってきた。

同時に、深い絶望感に襲われる。

自分のオメガとしての疾風怒濤（しっぷうどとう）のような愛の時間は、もうすぐ終わりを告げる。

なんという煌（きら）めきに満ちた日々だったろう。

こんなにも強く深く誰かを愛することなど、もう二度とないに違いない。

「愛しています、愛している、愛している、ジークムント様、愛している」

冷たい柱に額を押し付け、ペトロネアはつぶやき続けた。


その日のジークムントとの晩餐の席に、ペトロネアは普段通りに座った。

食欲などまったくなかったが、勘のいいジークムントに不審がられることを避けたかった。

それに、オメガとしてのあと数時間を、一分でも多く彼と共に過ごしたかった。

「どうだ？　ダンスは上達したか？」

ジークムントは食事をしながら、機嫌よく話しかけてくる。

「ええ、そのうち、ジークムント様にもダンスの手ほどきを受けたいですわ」

ペトロネアは常に笑みを絶やさないように努めた。

「うむ。私はどちらかといえば武闘派だからな、優雅に踊れるか少し自信がないな」

「ご謙遜を。運動神経抜群であられますもの、さぞかしダンスのリードも優れておられることと思います」

「そうだな、来週にでも一度、二人で踊ってみるか」

来週にはもう、ペトロネアはこの城にいないだろう。胸がずきりと痛んだ。

ジークムントがちらりとペトロネアの皿の上に目をやる。

「食が進まないようだ。少し気分が悪そうだな」

ペトロネアはぎくりとして、慌ててフォークとナイフを動かす。

「そんなことは——きっと、ヒート期が近いせいでしょう」

「そういえば、週末は満月だな。なんだかもう、昂ぶってくるぞ」

「いやだわ、食事の席ではしたないですよ、陛下」

「ふふ」

こんな他愛ない会話も、今は涙が出そうなほど心に染みてくる。

ペトロネアは、ジークムントの一挙一動から目が離せない。

さらさらした銀髪、知的な額、鋭い青灰色の目、高い鼻梁、鋭角的な頬の線、男らしい口元、節高な長い指、艶めいた低い声——何もかも、覚えておこう。

晩餐が終わり、いったん私室へ戻った。湯浴(ゆあ)みをしようと、浴室から侍女たちを呼ぶ鈴を鳴らそうとした時だ。

いきなりノックもなく浴室の扉が開いて、ジークムントがずかずかと入ってきた。

「きゃっ……なんですか？」

湯浴み用の薄物一枚になっていたペトロネアは、慌てて胸元を掻き合わせた。

「今日はひどく汗をかいた。湯浴みしたくてな」

ジークムントはその場でさっさと服を脱いでいく。

「あの、ジークムント様専用の浴室があるではないですか」

ペトロネアが戸惑って言うと、ジークムントは不満げに口元を尖らせた。

「なんだ、一緒に入らないのか？」

その表情が少年ぽくて、胸がきゅんと甘く痺れるが、男女で入浴するなんて恥ずかしくて、到底受け入れられないことだ。明るい浴室では、肉体のすべてが明らかになるようで、いたたまれない。

「は、入りません、そんな恥ずかしいこと……」

「なんだ、毎晩もっと恥ずかしいことをしているではないか」

ジークムントはあっという間に全裸になってしまう。

ペトロネアは顔を背けながら、しどろもどろで言う。

「だ、だって、ベッドでは灯(あか)りを落としているし……こんなあからさまな場所は……」

耳朶まで真っ赤になって口ごもっていると、ジークムントはペトロネアの薄物を乱暴に剥(は)ぎ取り、さっと抱き上げてきた。

「明るいのがいい。全部、見せて欲しい」

ジークムントはいたずらっぽく片目を瞑ってみせ、そのまま浴室に入ってしまった。

「さあ、隅々まで洗ってやろう」

「は、離してくださいっ、自分で洗えます」

恥ずかしさで頭が沸騰しそうになり、ペトロネアは両足をじたばたさせてもがいた。

「だめだ、今宵は私の好きにさせてもらう」

いつも強引なジークムントだが、今夜は有無を言わさない雰囲気がある。

ひょっとして、彼は何か不安なものを感じ取っているのかもしれない。永遠の番であることの、絆の深さをあらためて思い知るようだ。

泳げるほど広い円形の大理石じたての浴槽には、たっぷりの湯が張られ、ペトロネアの好きな薔薇の浴剤の甘い香りが満ちている。

ジークムントはペトロネアを抱いたまま、そこにざんぶと浸かった。

「そら、もう諦めろ」

ジークムントは自分の膝の上にペトロネアを横抱きにした。鍛え上げられた筋肉質の身体の感触に、ペトロネアの動悸が高まってくる。しかし羞恥心は拭いがたく、身を縮めて胸や下腹部を隠そうとする。

「ああ、いい気持ちだな」

ジークムントは深いため息を吐くと、傍に置かれている薔薇の石鹸を手にした。両手でたっぷりと泡立てると、それをペトロネアの全身に塗りたくりだす。

「ん……」

大きな掌がぬるぬると肌を擦るのが心地よく、身体の力が抜けてくる。

「そら、手を離して。そこも洗ってやるから」

湯にたゆたう乳房を、ジークムントは掬い上げるようにして、撫で回す。わざと感じる箇所を、念入りに擦ってくる。柔らかな乳首を指の間に挟んで、揉み込まれると、そこがじわりと芯を持って硬くなってしまう。

「んあ、あ、だめ、そんなふうに、触らないで……」

「綺麗にしているだけだ。ここも洗おう」

ジークムントは太腿の間に手を滑り込ませ、和毛の奥にまでぬるつく指をうごめかす。

「っ……ぁ、そんなところまで……ぁ……いやらしくしちゃ……だめ」

感じやすい媚肉を擦られると、悩ましい鼻声が漏れそうになる。

「もっと奥も洗うか？」

ぬくりと長い指が媚肉の狭間に押し入ってきて、思わず腰が浮いた。膣壁を掻き回され、同時に鋭敏な乳首をこりこりと擦り立てられ、噎せ返る薔薇の香りにのぼせてしまいそうだ。

「んん、あ、も、もう……いいですから……んんぅっ」

身じろぎして息を乱し、ジークムントに訴えかけようと顔を上げた途端、待ち受けていたかのように唇を塞がれてしまう。

「……ふ、ん、んん、ふぁ……」

素早く唇を割られ、舌を搦め捕られてしまう。ぬちゅぬちゅと舌を擦り上げられ、猥りがましい欲望がじりじりと迫り上がってくる。舌を吸われている間も、ジークムントの指は乳首や媚肉を撫で回し続ける。石鹸のぬめりを借りて、いつもよりさらにいやらしくうごめいている。

「だ……め、ぁ、ん、んぁう……ん」

腰がひとりでにもじもじと浮き上がり、さらに感じる箇所に勝手に男の指を誘導してしまう。

「ふふ――なんだかすごくぬるぬるしてきたが、これは石鹸ではないな?」

深い口づけの合間に、ジークムントが意地悪く艶めいた声でささやいてくる。

「やぁ、意地悪……もう、綺麗になりましたから……」

「まだ耳の後ろも、首筋も洗っていない」

ジークムントの濡れた唇が、つつーっと耳朶の後ろからうなじにかけて辿ってきた。

「あっ、やぁ、あぁん」

擽ったさのなかの焦れた疼きに、恥ずかしい声が漏れてしまう。ジークムントの舌先が、耳孔を掻き回し、そのがさがさという音にすら、下腹部がじんと疼いてしまう。

「綺麗だ。真っ白な肌が、感じるたびにピンク色に染まっていく。ああ、お前のオメガの印が、火のように真っ赤に色づいてきた」

ジークムントが、うなじに軽く歯を立ててくる。

「は、はぁ、はぁあん」

背筋に甘い痺れが走り抜けた。

そうだ、このオメガの印。

あと数時間で、消えてしまう運命なのだ。

こうやって、ジークムントに甘噛みされるのも最後なのだ。

そう思った瞬間、せつなくもくるおしい欲望が、身体の奥から湧き上がってきた。

「は……ぁ、あ、ジークムント様……」

潤んだ瞳でジークムントを見つめると、彼も情欲に火が点いたように、ペトロネアの肌にむしゃぶりついてきた。

「ペトロネア、ペトロネア」

うなじから首筋、肩口と、ちゅっちゅっと痛いくらい強く吸い上げられ、白い肌に赤い痕が点々と散る。

「つぁ、あ、は、はぁ……ぁあ」

一瞬の痛みの後に、灼けつくような刺激が襲ってきて、ペトロネアは腰を揺らしてジークムントの首に縋り付いた。

男らしい引き締まった首筋に、自分からも舌を這わせていく。ジークムントの柔らかな耳朶を口に含み、こりこりと歯を立て耳殻に沿って舐め回す。

びくりとジークムントが身体を引き攣らせる。

「ふ――ペトロネア」

ジークムントの乱れた息遣いが聞こえてきて、彼が感じ入っているのわかり、ゾクゾクする。

「ジークムント様、好き……あぁ、好き」

悩ましくささやきながら、ジークムントの耳裏や首筋に口づけの雨を降らせていく。

彼の下腹部に押し付けていた尻に、ごつごつと漲った男の欲望の感触を感じ、さらに淫らな気持ちに拍車がかかる。

「ペトロネアっ」

低い呻き声を漏らし、ジークムントの手がペトロネアの顔を引き剥がした。そして、お返しとばかりに、胸の膨らみに顔を埋め、尖りきった先端を口に含んできた。

濡れた口唇が、凝った乳首をいやらしく扱き上げてくる。

「あ、あぁん、は、はぁあっ」

指でいじられるよりさらに繊細な舌の動きに、つーんと子宮の奥に官能の痺れが走り抜け、媚肉が戦慄いて、もっと刺激を求めてくる。

負けじと、ジークムントの肌を吸い上げていたが、彼のうごめく舌が鋭敏な乳首を執拗に転がしてくると、もうだめだった。

「はぁっ、あ、あっ、あぁ、あぁん」

赤い唇を開いて、甲高い嬌声を漏らしてしまう。

隘路に差し込まれていたジークムントの指を、物欲しげに締め付けるが、官能の飢えは強くなるばかりだ。

「あぁ、もう……もう……ジークムント様……ぁ」

蕩けそうな眼差しで、ジークムントを見つめて甘える声を出す。

「もう、挿入れたくなったか？」

ジークムントが腰を揺すり、硬く屹立した男根で尻を突いてくる。

思わず両足を開いて、綻んだ媚肉を灼熱の肉胴に擦り付けていた。

「あ、はぁ、はぁあ、あぁ、んん、んんん」

前後に尻をうごめかすと、花弁を割るように太い肉竿が擦ってきて、心地よくてたまらない。

「あ、ぁあ、いい……気持ち、いい……」

夢中になって腰を振ると、ジークムントの若茎はさらに膨れ上がりどくどくと脈動する。

「あぁ——いけない子だな。私のもので、自慰の真似事をするなど」

「……だって、だって……あぁ、もう、欲しくて……」

どうしようもない快感に、背中を仰け反らせて喘いだ。

「では、このまま挿入れてみろ」

ジークムントがペトロネアの腰を両手で抱え、自分の下腹部を跨ぐような格好にさせた。

「あ……ん……こんなの……恥ずかしい」

ジークムントは上気したペトロネアの目元に口づけを繰り返し、誘うように言う。

「欲しいのだろう？　お前の好きに動いていい」

ジークムントが焦らすように腰を揺すり、熱く滾った肉茎で秘裂を強く擦ってくる。

「あ、あぁ、あ、だめ、あ、もう……ぁあん」

これ以上の焦らしにはもう耐えられなかった。

ペトロネアはジークムントの両肩に手を置くと、腰をそっと浮かせて反り返った男根の先端を探る。

「んんっ」

硬い亀頭がぬぷりと花弁を割った。湯や石鹸で滑りの増した媚肉は、ぬるーっと先端を呑み込んだ。

「あ、あ、ぁ、ああ、挿入って……ぁああん」

徐々に腰を落としていくと、ずぶずぶと太竿が押し入ってくる。

「はぁ、はああ、あ、挿入っちゃう……ぅ」

飢えた膣襞を内側から押し広げるようにして、肉棒が奥まで届く。

「あ、あぁ、あ、奥……あぁ、当たる……」

自分の体重をかけているせいか、いつもよりもっと奥へ届いているような気がする。

ぺたりと尻肉をジークムントの太腿まで落とすと、ずーんと深い快感が走って、四肢から力が抜けていく。

「んんぅ、ん、届いてるの……奥まで……届いて……」

そのままじっとしていたが、熟れ襞は嬉しげにジークムントの灼熱を締め付けて、快感を得ようとしている。

「ああ、吸い付くな――ペトロネア、動いてみろ」

「んふ、ふあ、あ、ああ、こう……？」

おそるおそる腰を引き、亀頭の括れまで引き摺り出し、再び腰を沈める。何度か繰り返していると、加速度的に愉悦が膨らんできた。

「ん、んぁ、あ、はぁあ……ぁあ、あ」

自分で擦ると気持ちいい箇所がわかってきて、さらに腰を振り立てる。深々と呑み込んだときに、強くイキむと脳芯まで蕩けそうな快感が生まれてくる。

次第に夢中になって腰を揺すっていた。

「あぁ、あ、あぁん、はぁ、はぁあん」

「上手だ、ペトロネア——すごく、いい」

ジークムントが酩酊した表情で、低く呻く。

この感じ入った時の彼の表情は、この上なく妖艶で、見ているだけで軽く達してしまうほど蠱惑的だ。

ジークムントのこんな表情を知っているのは自分だけ。

そして、独り占めできるのも今夜限り。

やるせないほどの悦楽と心の痛みが、同時に襲ってきた。

「はぁ、あ、ジークムント様、もっと、感じて……もっと、もっとよくなって……」

ペトロネアはさらに大胆に腰をうごめかせた。

上下に振り立てるだけではなく、時にぐるりと円を描いて掻き回したり、深く呑み込んだままきゅうきゅう収斂を繰り返したり、自分もジークムントも気持ちのよくなることだけに、夢中になる。

ペトロネアの激しい動きに、浴槽の湯がちゃぷちゃぷ跳ね、浴室の中は淫らな雌の匂いで噎せ返った。

「ああいいぞ、ペトロネア、もっとだ、もっと感じ合おう、もっとだ」

ジークムントはペトロネアの細腰をしっかりと抱え直し、彼女の動きに合わせて腰を揺すってきた。

「ひゃぁう、あ、やぁ、奥に、あぁぁ、当たるのぉ、奥にぃ……っ」

自分が腰を落とすと同時に、ジークムントが腰を突き上げてきて、快楽の源泉まで届いて、頭が真っ白になる。甘やかな絶頂が繰り返し襲ってくる。

「ああだめぇ、こんなに凄いの、あ、だめになって、あ、あぁ、あぁあっ」

耐えきれないほどの法悦に、首を振り立てて啜り泣くが、腰の動きは止まらない。

「だめになっていい、もっと感じろ、ペトロネア、もっと乱れろ、もっとだめになれ」

ジークムントは容赦なく腰を突き上げ、ペトロネアの華奢な身体がガクガクと大きく揺れた。

「やぁあ、すごい、あ、だめ、あぁ、また……あぁ、んんんっ」

あられもなく乱れるペトロネアの姿は、ジークムントの劣情をさらに煽ったようだ。

やにわに、深く繋がったまま、ジークムントは浴槽の縁にペトロネアを横向きに倒し、彼女の片足を自分の肩に担ぐような体位にした。

「あ、あぁ、あ、いやっ、こんな格好……っ」

ジークムントからは、真っ赤に腫れ上がって目いっぱい彼の肉棒を呑み込んでいる結合部が、丸見えだろう。

「だめぇ、いやぁ、見ないでぇ……」

「いいや、全部見てやろう。真っ赤に色づいたびしょびしょの花びらが、美味そうに私のものを咥え込んでいる。花芽もすっかり膨らんで、いやらしく濡れ光っているぞ」

「いやぁ、言わないでぇ、だめ、恥かしい……っ」

目を固く瞑っていやいやと首を振るが、激情に駆られたジークムントを止めるすべはない。

「そう言いながら、きゅうきゅう締め付けてくる。いやらしいペトロネア、もっとここをぐちゅぐちゅに掻き回して欲しいか？」

「やぁ……」

彼は腰の動きを一旦止めると、亀頭の括れまで引き抜いて、焦らすように浅瀬を突つく。

そんなはしたないこと、口にできるはずもない。

「言わないのか？　それならずっと、このままお前の恥ずかしいところを眺めていようか」

「あ、ぁ、いやぁ……」

意地悪く言われ、ジークムントの動きが止まる。彼の視線を結合部に痛いほど感じるだけで、蜜口がひくひく震えて、こぽりと愛液を吹き出してしまう。

「卑猥だな、また溢れてきた。欲しいなら欲しいと、おねだりするんだ」

「んんぅ、あ、ひどい……ぁ、あ、あぁ」

媚肉の飢えが増し、焦れた身体をもどかしく捩ってしまう。このまま放置されたら、おかしくなってしまいそうだ。

「はぁ……ジークムント様……ぁ、お、お願い……ほ、欲しいの……」

真っ赤に上気した顔を振り向け、濡れる眼差しと震える声で懇願する。

その視線を眩しげに受け止めながらも、ジークムントはまだ動かない。

「どこに何が欲しい？　ちゃんと言わないと、上げない」

「あぁ、ああ、もう、ひどい、ひどいです……っ」

ペトロネアは口惜しげに唇を噛むが、満たされたい一心で声を震わせた。

「こ、ここに、私の恥ずかしいところに、ジークムント様の熱くて太いものを、ください……ぐちゃぐちゃに掻き回して、気持ちよくさせてぇ……」

「よく言ったね——お前の欲しいものをあげよう」

はしたない言葉を口にしただけで、身体中が熱く感じ入って、媚肉がきゅうっと締まった。

ジークムントは腰を引きつけてから、蜜口にあてがってた灼熱の塊を、力任せに突き入れた。

「あーっ、あ、あああっ」

焦れた内壁を勢いよく擦り上げられ、硬い先端で最奥を貫かれ、ペトロネアは瞬時に達してしまう。

「あ、あぁ、あ、すごい、あぁ、挿入ってる……あぁ、奥までジークムント様のが、挿入ってるのぉお」

「そうだ、お前の中は、熱くてぬるぬるしてよく締まって、気持ちよすぎるぞ。最高だ」

ジークムントは粘膜が打ち当たる卑猥な音を響かせ、激しくペトロネアを穿つ。

「はぁ、は、あ、すごい、あ、あぁ、あぁあん」

がつがつと肉棒を抽挿され、ペトロネアは浴槽から落ちてしまいそうな恐怖に、必死で浴槽の縁にしがみついた。

数えきれないほど極めた内壁は、熱く熟れて蠢動し、ジークムントの肉胴を溶かしてしまいそうなほどだ。

「く——そんなに締めるな。押し出されそうだ」

ジークムントは吐精に耐えるようなくるおしい表情で、息を乱す。

「あ、ぁあ、ジークムント様……気持ち、いいですか?」

彼も同じように感じてくれている悦びに、ペトロネアも淫らに腰をうごめかせ始める。

睦み合うのもこれが最後だろう。

もっともっと感じて欲しい。

二人だけで共有したこの至福の快楽を、忘れないで欲しい。

「ああいい、いいぞ、ペトロネア、すごくいい」

ジークムントも切羽詰まってきたのか、掠れた声で短い言葉を繰り返しながら、腰の抜き差しを速めてきた。

「あ、あぁ、あ、また……あ、また、達く、あ、また、来る……っ」

「何度でも達くがいい、ペトロネア、もっとか、もっとだ」

「やぁあ、あ、だめ、も、だめ、死ん、じゃう、死んじゃう……っ」

快感の限度を何度も超えてしまい、これ以上はもうだめだと思う。

「私も――もう終わりそうだ。ペトロネア、もう――」

「んん、んぁ、はぁ、ぁ、来て、あぁ、きて、お願い……っ」

「っ――」

呼吸も鼓動も腰の動きも一体となり、言葉もなく弾む息遣いだけで、二人は最後の高みへ向かっていく。

「あぁああ、あ、も、あ、も、もうっ、あ、あぁあぁあっ」

「く――出る、出すぞ、出す――っ」

ペトロネアの瞼の裏が絶頂感に真っ赤に染まり、ほぼ同時に最奥にどくどくとジークムントの精が弾けた。

ペトロネアは全身を強張らせて、びくんびくんと腰を痙攣させる。

ジークムントは二度、三度と、すべてを出し尽くすように腰を打ち付けた。

「……は、はぁ、は、はぁ……ぁ」

「ふ――」

二人は息を整えながら、快楽の余韻を噛み締めた。

やがて、ゆっくりとジークムントが抜けていく。

「あ、ん……」

白濁液と愛液が混じったものがぐぽりと掻き出され、その喪失感にすらゾクゾク感じてしまう。

ジークムントは浴槽に背中をもたせかけ、ぐったりしたペトロネアの身体を抱き寄せた。

「素晴らしかった――」

彼は、熟れた耳朶や頬に唇を押し付け、満たされた声を出す。

「私も……」

ペトロネアは顔を寄せ、ちゅっと音を立ててジークムントの唇に口づけした。

「愛しています、ジークムント様……こんな幸せ、夢のよう……どうか、いつまでも忘れないで……」

ジークムントはかすかに苦笑いする。

「忘れるものか。明日も明後日も、この先ずっと、お前と私はこうして愛し合うのだから」

ペトロネアはそれには答えることができず、ジークムントの広い胸に顔を埋め、甘える仕草で頬を擦り付ける。

こうしていると、昼間のホーカン公爵とのやりとりが嘘のよう。

明日も明後日も――ほんとうにそうならいいのに、とペトロネアは願ってしまう。

湯浴みを終えてから、寝室に移動し、二人はベッドでも熱く愛し合った。

普段から尽きることないジークムントの劣情だが、ペトロネアがヒート期前なのに、この日の彼はさらに獣じみた欲望を剥き出しにしてきた。

まるで、快楽でペトロネアを縛り付けてしまいたいように。

ペトロネアの身体の異変を、本能的に感じ取っていたのかもしれない。


翌早朝――。

一糸纏わぬ姿で、ジークムントと抱き合って眠っていたペトロネアは、ふっと目覚めた。

全身がだるい。

激しく愛された後の、満たされた気だるさとは違う感じだ。

自分の身体の中から、何かが失われたような虚無感もある。

ペトロネアはハッとし、がばりと起き上がった。

全裸のままベッドを下りて、洗面所に駆け込んだ。

姿見の前に立つと、おそるおそる背中を向け、長い髪を掻き上げて、うなじを露呈させる。

「あっ……！」

思わず声が漏れた。

細く白いうなじには、何もなかった。

オメガの印である、特徴的な三日月型の赤い痣はきれいさっぱり消え失せていた。まるで最初からそこには何も無かったかのように。

「あ、ああ……」

覚悟はしていた。

だが、かくもはっきりと目にすると、その喪失感に全身から力が抜けてしまう。

くたくたと床に頽れた。

「ペトロネア？ どうした？ 気分が悪いのか？」

背後から声をかけられ、びくりと肩を竦める。

ベッドにいないことに気がついたのか、ジークムントが洗面所の戸口に立っている。

彼もまた全裸のままだ。

美しい彫像のようだ——と、ペトロネアは場違いに感動する。

だが、次の瞬間現実に引き戻され、何度も深呼吸し、意を決して立ち上がった。

「ジークムント様——私に、お暇をいただけませんでしょうか」

ジークムントは驚いたように目を瞬く。

「突然、何を言い出すのだ」

ペトロネアはくるりと背中を向け、髪の毛を前に掻き寄せた。

「ご覧ください」

「っ？」

ジークムントが息を呑む気配がした。

うなじに灼けつくようなジークムントの視線を感じる。

ペトロネアは泣き声にならないよう、必死で気持ちを保つ。

「オメガの印が消えました」

ジークムントが近寄ってくる。

「なぜだ？　どうしてこんなことが？」

愕然とした声に、ペトロネアはさっと振り返った。

そして、引き攣った笑顔を浮かべ、甲高く叫んだ。

「わ、私はずっと……オメガであることが重荷でした。陛下の正妃になるなんて、恐れ多くて到底つとまらないと苦悩してきたのです」

ジークムントが呆然とした表情でこちらを凝視している。

まるで人が変わってしまったかのようなペトロネアに、困惑しているようにも見える。

ペトロネアは心にもないことを口にするのが辛くて、この場で今すぐ心臓が止まればいいのに、と願いつつ言い募った。

「ですから、とあるつてを辿って、体質を変える薬を呑んだのです。わ、私はもう、オメガでもなんでもない。ただの女。も、もう陛下の番になる資格はありません！」

言い終えると、力を使い果たし、ペトロネアは両手で顔を覆ってすすり泣いてしまう。

こんな勝手な行動を取って、ジークムントはさぞ怒り心頭であろう。

罵倒される覚悟はできている。

ジークムントの愛情に対して酷い背徳行為を働いた女など、身一つで城から叩き出されるだろう。

惨めな末路——当然だ。

でも、何もかもジークムントのためなのだ。彼の未来のために、こうするしかなかったのだ。

ペトロネアは、じっと最後の時を待った。

「ペトロネア」

ジークムントがそっと名前を呼ぶ。

その響きには、怒りも絶望も憎悪もなかった。

ペトロネアは涙でドロドロの顔を上げた。

ジークムントがまっすぐ見下ろしている。彼の青灰色の目には、哀愁のような色しかなかった。

「ペトロネア——なぜ、そんな早まったことをしたのだ」

彼はもう一度ささやき、片手を伸ばして顔に触れて来ようとした。

ペトロネアはとっさに後ろに身を引く。

「ど、どうか、お裁きを——いえ、もはや陛下は私に愛情を感じられないはず。どうか、このまま城を追放してください」

悲痛な声で訴える。

ジークムントは無言で首を振った。

「お前はどこにも行かせぬ」

「でも……私はもうオメガではありません……陛下に愛される資格はないのです！」

ジークムントは少し悲しげに言う。

「お前は、私の愛を試そうとするのか？」

「いいえ、いいえ、そんな恐れ多い……これは、私が決めたことで……私は所詮、陛下の寵愛に有頂天になっていただけの、つまらない女です」

嗚咽が込み上げて、声にならない。これ以上、ジークムントに嘘をつきたくない。早くここから去りたい。

なのに、ジークムントは静かに目の前に立っている。

なぜ怒らない。なぜ怒鳴らない。裏切り者と罵られた方がましだ。

たが、ジークムントは穏やかに答えた。

「私を見損なうな。お前はそのような女ではない。このような暴挙に走るには、なにか深いわけがあるな？」

「か、買いかぶりです……もう、もう私を、解放してください」

これ以上追求されたら真実を吐露してしまいそうで、後は泣きじゃくるだけになってしまう。

そんなペトロネアの様子を、ジークムントは痛ましげに見ていたが、

「——明後日が満月の日だな」

と、ふいに場違いなことをつぶやいた。

「え？」

ぽかんとすると、ジークムントは決然と言った。

「その日にもう一度、『花嫁選びの儀』を執り行うことにする」

「え……」

「オメガの令嬢を一堂に集め、私の心に叶う女性を選ぶ――そこに、お前も立ち会え」

「……」

「私が花嫁を選んだ後は、お前は自由だ。好きにしていい――それまでは、城にいろ。今まで通りに生活しろ。ただし、その日まではお前の部屋には私は行かぬ――わかったな」

言い終えると、ジークムントはくるりと踵を返した。

「あっ、お待ちを……」

呼び止めようとしたが、彼はそのまま去ってしまった。

ペトロネアは呆然として立ち尽くす。

ジークムントの意図がまったくわからない。

オメガでないペトロネアを、彼はどうするというのだろう。

もしかして、別のオメガの女性を選ぶところをペトロネアに見せるというのが、ジークムントの与える罰なのだろうか。

そうだとしたら、死刑宣告を受けるも同然だ。彼が別の女性を選び、愛する場面に立ち会うなんて、死んでも嫌だ。

絶望で、その場で心臓が止まるかもしれない。

でも、その罰も甘んじて受けようと覚悟した。

ジークムントの態度があまりに静謐な分、彼の内心の絶望と怒りと葛藤の深さを思い知ったような気がした。

ペトロネアはそっと自分のすべすべしたうなじに触れる。

あれほど、厭わしいと思ったこともあったオメガの印。

やっと悟った。

これは自分の魂同然だったのだ。

魂を失って、生きていけるはずもない。

ジークムントのへの渇望するような愛情はそのままに、自分は生ける屍となったのだ。

ペトロネアは涙も枯れ果て、ぼんやりとその場に佇んでいた。

第六章　永遠の番

三日後。

「花嫁選びの儀」の日がやってきた。

その場に出席せよと命じられたペトロネアは、夕刻、侍女たちに身支度を手伝ってもらっていた。

「陛下は一体どういうおつもりなのでしょう？　今さら『花嫁選びの儀』を行うなんて。皇妃はペトロネア様に決まっておりますでしょうに」

化粧室で、ペトロネアの髪を梳りながら、メリッサは不満げに口を尖らせる。

「きっと、正式な儀式できちんとさせたいご意向なのでしょう」

ペトロネアは事情を知らないメリッサに、そう言ってなだめるしかなかった。

それから、さりげなく付け加える。

「メリッサ。今夜も髪を結い上げないでほしいの。このまま梳き流してちょうだい」

三日前から、急に髪を結い上げるのをやめてしまったペトロネアに、メリッサは不審そうではあったが、忠実に指示に従った。

うなじのオメガの痣は消えてしまった。髪を結い上げられたら、それが露呈してしまう。おそらく、集められた令嬢たちは、我こそはオメガであると、誇らしげにうなじの痣を見せつけるだろう。

その中に混じるのは惨めでならない。

だがこれが、ジークムントが自分に与えた最後の試練であると覚悟していた。

沈む気持ちを少しでも浮き立たせたくて、華やかな紫色のドレスを選んだ。食が進まなくて少し顔色が悪いので、化粧をいつもより厚めにほどこしてもらうと、いつになく妖艶な雰囲気になった。

「まあ！　最高の出来栄えです。ぐっと大人びて艶めいて。これなら、他のご令嬢など形無しですわ。陛下が必ずお選びになるのは、ペトロネア様に間違いありません」

メリッサを始め侍女たちは口々に賛美する。

ペトロネアは胸を突かれる思いだ。

「メリッサ、皆、今まで未熟な私を支えて、ほんとうによく仕えてくれました。心から感謝します」

心を込めて言うと、メリッサが無邪気に笑う。

「いやですわ、ペトロネア様。まるで今日でお別れみたいな言い方、なさらないでくださいよ」

ペトロネアは涙が込み上げそうになり、ただ小さくうなずくばかりだ。

時間になり、メリッサたちをお供に、花嫁選びの儀を行う中央広間に向かった。

本当なら、年末に新年を迎える舞踏会をここで執り行い、ジークムントと二人のダンスを披露するはずだった。

ほんの一週間前までは、未来は希望に満ちていたのに。

広間に入っていくと、すでに十数名の令嬢が、思い思いにめかしこんでたむろっていた。

広間には、独特の南国の花のような香りが満ちている。

それは、ヒートに入ったオメガの女性が醸し出す独特の匂いだ。もうペトロネアには発することのできない香りに、疎外感が強くなる。

人の輪の中心にさんざめいて立っているアニタは、錦糸を縫い込んだこれでもかというくらいに豪華なドレスに身を包み、ひときわ目立っている。

おそらく父であるホーカン公爵から事情を聞いているのだろう、ペトロネアの姿を見ると、アニタは勝ち誇ったような笑顔を向けてきた。

「あらまあ、よくもまあこの席に来られましたこと」

意地の悪い言葉を投げつけられるが、聞こえないそぶりで広間の隅に移動した。

広間の奥にしつらえた玉座の傍らには、重臣たちとホーカン公爵が控えていた。ホーカン公爵は「花嫁選びの儀」の進行役だという。

ペトロネアは空の玉座をじっと見つめる。

あれ以来、ジークムントに会っていない。

彼はもはや、ペトロネアの顔を見るのも嫌なのだろう。

でも、ペトロネアの方は、今宵でジークムントの姿を見られるのが最後だと思うと、せつなくて悲しくて恋しくてたまらない。しっかりと、彼の顔を瞼（まぶた）に焼き付けておこう。

ジークムントがどの令嬢を選んだとしても、心から祝福しよう。

彼の幸せだけが、ペトロネアの願いなのだから。

ふいに、広間の入り口で呼び出し係が鈴杖（すずづえ）を鳴らした。

ぴたっと令嬢たちのおしゃべりが止まる。

「陛下の御成（おな）りです」

先触れの声とともに、長靴の音を響かせて、ジークムントが入ってきた。

濃い紫の礼装に、長く裾を引く同色のマントを羽織っている。奇（く）しくも、自分が選んだのと同じ色の服装をしていることに、胸がずきんと痛む。

失ってしまった絆の未練だろうか。

ジークムントはいつものように姿勢良くまっすぐと、玉座に歩いて行く。ペトロネアの方には、目もくれなかった。

三日ぶりだというのに、もう何年も会っていないような遠い人に思えた。

ジークムントがどっかと玉座に腰を下ろすと、すかさずホーカン公爵が声を上げた。

「それでは、ただいまから『花嫁選びの儀』を執り行う。各自、玉座の前に並ぶように」

いっせいに令嬢たちが移動する。

いずれ劣らぬ美しい令嬢たちが、ずらりと玉座の前に整列した。その令嬢も我こそはと、期待と興奮で目が輝いている。

ペトロネアは気後れがして、少し下がった位置に立った。

「では陛下、どうぞじっくりと――」

ホーカン公爵に促され、ジークムントがすっくと立ち上がる。

彼は居並ぶ令嬢たちの前を、ゆったりとした歩調で行き来した。

彼が無言で何度も往来するので、広間の空気は次第に緊張感に包まれる。

ペトロネアは令嬢たちの背後から、ひたとジークムントの姿を見つめていた。

彼の細かな動作や目配りを、なにひとつ見逃すまい、記憶に深く灼きつけておこうとだけ望んでいた。

やがて、ジークムントは玉座に戻った。

ホーカン公爵が、おもねるような口調で尋ねる。

「いかがでしょうか、陛下。陛下のお眼鏡に叶う令嬢はおられましたかな？」

ジークムントは玉座の腕かけに頬づえをつき、考えるそぶりをした。それから、重々しい声を出した。

「そうだな、いた」

ハッと広間中の者たちが息を呑む。

これまで、「花嫁選びの儀」でジークムントが誰かを選んだことは一度もなかったからだ。

ペトロネアは絶望感で目の前がクラクラする。

とうとうこの時が来てしまった。

一方で、ホーカン公爵は顔を上気させ興奮気味に言った。

「そうですか！　なんという僥倖な日でありましょうか！　陛下、どうぞ、意中のご令嬢の手をお取りください！」

列の中央にいるアニタが、肩をそびやかす。

周囲の令嬢たちが、失望のため息を漏らすのが聞こえた。どう考えても、地位身分財産美貌すべてにおいて、アニタが抜きんでていたからだ。

「わかった」

ジークムントがおもむろに立ち上がり、まっすぐ列の中央に向かってくる。

アニタの左右の令嬢たちが横にずれた。

アニタは顎をツンと上げ、目を輝かせてジークムントを見た。

ペトロネアは目を伏せる。

その瞬間だけは、見たくなかった。この身を切られるような辛い時間が、早く終わって欲しい。

自分が断罪される瞬間を、ペトロネアは息を詰めて待つ。

こつ、こつ、と長靴の音が近づいてくる。

懐かしい濃密で官能的な男の香りが、鼻腔を擽った。

「？」

ペトロネアは思わず顔を上げた。

目の前にジークムントが立っている。

彼は静かな湖面のような澄んだ青灰色の目で見下ろしてくる。

「お前だ」

ジークムントは穏やかだが周囲にはっきりと聞こえる声を出した。

「私が選ぶのは、お前だ。ペトロネア」

「——っ？」

何が起こっているのかわからない。

もう自分はオメガではないのに、ジークムントはなぜ選ぶのだ。彼の感覚を刺激するようなヒートの香りも熱も、ペトロネアには何一つないと言うのに。

答えられず棒立ちでいると、ジークムントはその場に優美に跪いた。

そして、ペトロネアの片手をとって、その甲に口づけた。

「お前しかいない。お前にしか、私の心は動かない」

「……ジークムント、様……」

跪いたジークムントの背後では、顔を見合わせている重臣たち、呆然としているホーカン公爵や怒りで真っ赤になったアニタの姿があったが、ペトロネアの目には入らない。

見えるのは、ひたとこちらを見つめているジークムントの姿だけだ。

「お前こそ、私の永遠の番だ。ペトロネア、これではっきりとわかった」

ジークムントは切々と訴える。

「お前は、神に選ばれた運命の人なのだ。そうとしか考えられない。たとえ、幾百のオメガの女性が現れようと、お前ほど私の感情を甘く掻き回し、欲しいと思わせる人はいない。もはや、オメガもアルファも凌駕して、お前は私の半身なのだ。私の魂の行き着く先は、いつだってお前の元だ」

彼の真摯な言葉に、胸が苦しい。心臓がどくどくいい、体温が上がっていく。

嬉し涙が溢れて、音もなく頬を滑り落ちていく。

広間中の人間が、息を凝らして二人の姿を凝視していた。

二人の周囲を、何者にも触れがたい張り詰めた空気が包んでいた。

ホーカン公爵すら、圧倒されたように無言でいる。

「愛している。私の運命の人。どうか、私の花嫁になってくれ。永遠に私のそばで、共に生きよう。愛している」

せつなくも清廉な言葉。

ペトロネアはジークムントの潤んだ瞳に映る、自分自身を見つめた。

そこに問う。

ペトロネア、これでいいのね？　と。

瞳の中のペトロネアが儚げに微笑んだ。

これでいいの、と。

もはや破滅も絶望も怖くはない。

ジークムントが選んでくれた自分は、きっとあらゆる災厄を超えていくだろう。

ペトロネアはゆっくりと息を吸い、ひと言ひと言に命を込めて答えた。

「はい。私もあなたを愛しています。自分の命より、愛しています。あなたが私を望むのなら、この身も命も魂も、なにもかも差し出しましょう。愛しています」

ジークムントがぎゅっと力を込めて、手を握ってきた。

ペトロネアも強く握り返す。

触れ合った肌から、互いの血が熱く流れ込むような錯覚に陥る。

目も眩むような幸福感に包まれ、ペトロネアは立ち尽くしていた。

永遠にも思われる時間が流れ、ジークムントは滑らかな動作で立ち上がる。

彼はペトロネアの腰に手を回し、居並ぶ令嬢たちやホーカン公爵や重臣たちに向かって、威厳ある声で言う。

「これで『花嫁選びの儀』は完了した。私はこの娘を選ぶ」

「お、お待ちくださいっ」

やにわに、ホーカン公爵が甲高い声を上げて、前へ飛び出して来た。彼は半狂乱の態だ。

「陛下っ、陛下に申し上げる事がございます！」

ペトロネアはぎくりと身が竦んだ。この衆人環視の中で、ホーカン公爵がすべてを暴露しようとしている。心臓が大きく跳ねた。

ホーカン公爵はペトロネアに太い指を突きつけて喚いた。

「陛下、この娘の正体は、前皇帝陛下に反逆罪で取り潰しにあった、ケルナー伯爵家の娘であります！」

ざわっと広間の空気が動いた。

ペトロネアは破滅の瞬間、目の前が真っ暗になる。

ホーカン公爵は恐ろしい人相でがなり続けた。

「この娘は、皇帝家に恨みを持って、復讐をするために陛下に取り入ったに違いありません！

こんな娘を、お側においては危険です！」

人々が恐怖と嫌悪の眼差しでペトロネアを見た。

ペトロネアは足が震えて、その場に頽れそうになった。

破滅も恐れぬ覚悟をしていたが、いざその時に直面すると、とても平常心ではいられない。

ジークムントは無言でいる。

あまりに衝撃的だったからだろうか。

「ですから陛下――」

「もうよい、叔父上」

ジークムントが静かな声で遮った。

腰に回した彼の手がさらに引き寄せてくる。

ジークムントはホーカン公爵をまっすぐに見据えた。

「そんなことは、とうに知っていた」

「えっ？」

ホーカン公爵が不意打ちを食らったような顔になる。

「っ？」

それはペトロネアも同じで、愕然としてジークムントを見上げた。

広間中の人々もざわついた。

ジークムントはペトロネアに顔を振り向ける。

「以前、私のもとに匿名の告発状が届いた。そこに、お前の本当の生まれや家のことが書かれていた。私は密かにその情報を探らせ、お前がケルナー伯爵家の娘であると確信を得た」

「――」

ヨーランは、ジークムントにも告発状を送っていたのか。思えば、真っ先に皇帝であるジークムントへ送りつけるのが当然だろう。

「で、では……ジークムント様は、私のことをすべて知っていて、それでもお側に置いていたということなのですか？」

「その通りだ」

「ど、どうして……？　わ、私はあなたに、隠し事をしていたのですよ、後ろ暗い過去を持つ私を、なぜずっと知らぬふりで……」

ジークムントがわずかに笑みを浮かべたので、ペトロネアは語尾を途切れさせてしまう。

「なぜ？　お前を愛しているからだ。お前が内心で苦悩し、葛藤しているのは感じていた。お前のことだ、いつかはすべてを私に打ち明けるだろう。時期が来るまで、私はただ待っていたのだ」

「――」

なんという深い愛情だろう。もしかしたら自分を裏切っているかもしれない女を、ひたすら信じて待っているなんて。

ふいにジークムントは口惜しげに眉を顰めた。

「だが、よもやお前がオメガを捨ててしまうとは、考えが及ばなかった。私はお前の愛の深さを侮っていたのだな――それだけが無念だ」

「ああ……」

印を失った時、なぜ彼が怒りもせず哀愁の表情を浮かべたのか、理解がいった。

ジークムントはペトロネアの真意を理解していたのだ。

ジークムントが小さく息を吐いた。

「だが、たとえお前がオメガでなくなっても、私にはお前を愛する自信があった。だからこそ敢えて、『花嫁選びの儀』を執り行った。これは、私への愛の試練でもあったのだ――そして、私とお前は、それを乗り越えた」

ペトロネアは感動で胸がいっぱいになる。涙をとめどなく流しながら、気持ちを込めてジークムントを見つめると、彼も同じ熱量を込めて見返してきた。

広間中が感動の静寂に包まれた。

気を呑まれたように立ち尽くしていたホーカン公爵は、体勢を立て直すように口火を切った。

「し、しかし――その娘が反逆者の家の者である事実には、変わりがないぞ。そのような娘を皇帝家に入れるわけにはいかない。いつ皇帝陛下の身に危険を及ぼすか。先だっての騎乗試合の際の事件だって、その娘の企みやもしれぬ」

さっとジークムントが、ホーカン公爵を見返した。

「叔父上――それほどまでに、皇帝の座が欲しいのですか？」

「む？　何を言うか、私は陛下のために――」

ジークムントはすうっと双眸（そうぼう）を細め、冷酷な表情になる。彼はおもむろに片手を上げた。

広間の扉が音を立てて開き、どかどかと大勢の武装した兵士たちが入ってきた。彼らは素早く、ホーカン公爵を取り囲んだ。ホーカン公爵が唖然とする。

兵士達の中の隊長らしき男が前に一歩出て、声を張り上げた。

「ホーカン公爵、皇帝に対する暗殺未遂及び反逆罪で、拘束する！」

人々がどよめいた。

ホーカン公爵顔から血の気が引いた。

ジークムントはわずかに同情めいた声色になった。

「叔父上、すべて調べはついているのです。私はずっと、あなたが私を失落させようと暗躍し画策していたのを、密かに追及していたのだ。騎乗試合で、私を襲った謎の男の正体は、あなたの手の内の者だった。あなたとその男が密会してる現場に立ち会った人物がいて、証言してくれたのだ」

「う――そ、そんな――そんな証言は、あてになるものか」

ホーカン公爵は必死で反論した。

すると控えていた臣下たちの中から、一人の男が前に進み出た。長老のタマル議員長だ。

「ホーカン公爵。証言したのは私だ」

「っ――貴様――裏切ったか？」

タマル議員長は悄然（しょうぜん）とした口調で言う。

「私は始めは、陛下の選んだ娘に懐疑的だった。だから、あなたと手を組んで、娘を亡き者にするという謀略に乗ったのだ。だが、あなたの本当の狙いは、陛下ご自身だったのだ。私は愕然とした。自分の浅はかな行動を呪った。だから――陛下にすべて打ち明けたのだ。無論、私も罪を償う。すでに辞職届けを出してある」

「く――」

ホーカン公爵は真っ青になってぶるぶる震えた。彼はもはや観念したのか、がっくりと床に両座をついてうずくまった。

その姿を、ジークムントはじっと見ていたが、

「本当は、『花嫁選びの儀』が終了した後で、人知れずあなたを捕縛するつもりだった。あなたの娘御の面前では避けたかったからだ。だが、こうなっては致し方ない」

彼は痛ましげに、その場の成り行きに愕然としているアニタに声をかけた。

「ホーカン公爵令嬢、どうぞお下がりなさい」

アニタは顔をくしゃっと歪（ゆが）め、侍女たちに支えられるようにして場を去って行った。

それを見届け、ジークムントは隊長に軽く目配せした。

茫然自失の態のホーカン公爵は、兵士たちに囲まれて連行されていく。タマル議員長も同行した。

広間に残された人々は、急転直下の事態に、ただただ開いた口が塞がらないという態だ。

ジークムントだけは、あくまで冷静に、臣下たちの中の、中堅の知的そうな議員に声をかけた。

「リリェバリ議員。非常事態である。犯罪人は議員の座を失うのが決まり、ホーカン公爵は議員の地位をたった今剥奪された。あなたを臨時の官房大臣に命名する。緊急貴族議会を開き、今後の人事を話し合ってくれ」

リリェバリ公爵はぱっと姿勢を正した。

「御意――すぐに議会を開きます」

ジークムントは付け加える。

「ついでだが、この『花嫁選びの儀』が有効であるかどうかも議論してくれ」

するとリリェバリ公爵は、わずかに笑みを浮かべた。

「私の妻は、ペトロネア令嬢と懇意でして、令嬢がいかに陛下を尊敬し愛しているかを、常日頃から聞いております。陛下ご自身に異存がないのですから、問題ないことと思います」

ペトロネアはハッとする。

では彼の妻は、あの優しいリリェバリ公爵夫人か。夫人はジークムント擁護派だと聞いていたが、夫たる公爵も同じ立ち位置なのだ。

ジークムントは、反皇帝派を一掃し、即座に形勢を逆転させたのだ。

リリェバリ公爵にうなずいたジークムントは、その場をぐるりと見渡した。

「さて、皆には恐ろしい思いをさせてしまったことを、私からお詫びする。これにて『花嫁選びの儀』は終了である。以上——では、ペトロネア、参ろう」

ジークムントは恭しくペトロネアの手を取った。

「は、はい」

まだ目まぐるしい展開に頭がついていかないが、最悪の事態は回避されたのだとはわかった。

二人は婉然と広間の中央を抜けて、戸口に向かった。

ふと思いついたように、ジークムントは肩越しに人々に付け加えた。

「なお、ここで起こったことは内密に願う。あくまで、希望である」

そのまま、二人は広間を出た。ジークムントの護衛兵たちとペトロネアの侍女たちが後に続いた。

廊下に出ると、ペトロネアは心配げにジークムントに耳打ちした。

「ジークムント様、最後の言葉は逆効果ではありませんか？」

するとジークムントは、白い歯を見せて片目を瞑る。

「その通りだ。皇帝の私が、この事態を触れて回れとは言えぬのでな。明日になれば、保守派の失脚と、皇帝が花嫁を選んだという噂は、あっという間に広まっておろうよ。それこそ、こちらの思う壺だ」

ペトロネアは目を見開く。

「なにもかも、計算通りというわけなのですね」

ジークムントはしたり顔になる。

「うむ――ひとつだけ、思い通りにならぬのは、お前だけだ。こんなにもお前に振り回されるとは、予想もしていなかったぞ」

ペトロネアはぽっと目元を染めた。

「も、申し訳ありません」

「まあよい、それでも我が愛で解決する」

「ま――」

盛大に惚気られて、もはや返す言葉もない。

ジークムントの私室の前まで辿り着くと、察しのよいメリッサは侍女たちを促して、姿を決してしまう。護衛兵たちが、扉の左右を守るように立つ。

「おいで」

手を握られ、部屋の中に誘導された。

まっすぐに寝室へ連れていかれる。

「二度目の『巣籠もりの儀』だな」

ジークムントが小さくつぶやき、ペトロネアはなぜか、初めての時のように胸がときめいた。

二人は広いベッドに並んで腰を下ろし、しばらく手だけを握り合っていた。

互いの鼓動と緊張が、手を通して伝わってくるようだ。

ペトロネアは不安だった。もはやオメガではない自分が、彼を満足させることができるのだろうか。これまでの熱く激しい交合は、すべてオメガの体質のなせるわざだったのではないか。

ふいにジークムントがささやく。

「——キスして、いいか？」

そんなことを聞かれたのは初めてで、うろたえてしまう。

「は、はい」

そろそろとジークムントの手が顔に触れてきて、こちらをそっと向かせた。

愛おしげに見下ろしてくる彼の眼差しに、かすかな不安が宿っていた。

「愛している。変わらずお前を愛している。だが——オメガでないお前を、私は心地よく悦ばせることができるだろうか？」

ペトロネアの胸が早鐘を打つ。

同じことを、彼も感じていたのか。

ペトロネアは泣きたいほど胸を打たれた。

「私も、同じことを思っていました。もう私は、ジークムント様を満足させられないのではないか、と」

ジークムントがほっと息を吐き、少しやわらいだ表情になった。

「では、試すしかないな」

彼が顔を寄せ、唇を重ねた。

「ん……」

柔らかな感触に、びくりと肩が揺れる。

そっと撫で回すような優しい口づけに、じんと身体の芯が震えた。

わずかに唇を離したジークムントが、こちらの反応を伺う。

「もっと欲しいか？」

目元を染めてこくんとうなずくと、今度は少し強く唇が押し付けられ、濡れた舌先が口唇を探ってくる。思わず、招き入れるように唇が開いた。

ゆっくりとジークムントの舌が侵入してきて、歯列をぬるぬると舐めていく。そのまま唇の裏側も舐め、緩やかに口腔を掻き回す。

「んん、ん……」

こんな穏やかな口づけは初めてなのに、下腹部の奥が火が点いたみたいに熱くなり、覚えのある甘い疼きがじりじりと迫り上がってくる。

「身体が、熱くなってきた――感じているか？」

探るような青灰色の眼差しに、頬が上気し脈動が速まる。

これはなに？

まるで初恋の人と初めて結ばれる時のような、ヒリヒリした感情の昂り。

ああ――でも、これは二度目の初恋なのだ。

オメガではない自分が、初めてジークムントと結ばれる。

懐かしくも甘酸っぱい気持ちが蘇ってくる。そして、その心地よい緊張は淫らな疼きを生み出す。

「ここは？」

そろりとジークムントの手が、耳裏に触れ、そのままつつーと首筋を辿る。

「あ、ん……」

触れられた肌が灼けるように熱い。

「ここも、ここも？　感じるか？」

手が華奢な肩を撫で、まろやかな胸元をまさぐる。触れるか触れないかの強さで、服地の上から胸の頂を撫で回され、焦れた疼きで腰が自然と揺れそうになる。

「ん、ん、は、ぁ……」

「悩ましい声だな、もっと触れていいか？」

そんなこと答えられない。恥ずかしさに、耳朶まで血が上り、呼吸が乱れた。

ぷくっと尖ってきた乳首が、布を押し上げてくっきり浮かび上がる。そこを、しなやかな男の指がゆっくりと爪弾いた。

「はぁ、あ、ぁ、あ」

痺れる快感が下腹部に走り、隘路の奥がとろりと蕩けてくる。思わずジークムントに縋り付き、腰を押し付けたいはしたない衝動に駆られた。

「や……もう、そこ、いじらないで……やぁ」

潤んだ瞳で訴えると、ジークムントの顔が花が開くように綻んだ。

「感じているな。ああ、可愛い、可愛いな、その顔がたまらない。もっと感じさせてやりたい」

ジークムントは、ノースリーブのペトロネアの白い腕を取ると、その手の甲にちゅっと口づけし、そのままねっとりと舐め上げてきた。

「あっ、や、舐めちゃ……」

ゾクゾクと肌が慄き、身悶えてしまう。

肩口まで辿り着くと、まろやかな曲線にかぷりと甘噛みされた。

びくんと腰が浮いた。痛みはなく、淫らな刺激が背中から下肢に走っていく。

「は、あ、噛まないで……っ」

訴えるように彼を見上げると、まともに合った視線は妖しい熱を孕み、どう猛な狼そのものだ。

さっきまでの、初心な少年のような躊躇(ためら)いは、もうそこにはない。

「ふふ、いつもよりもっと感じやすいではないか」

彼は薄く笑い、やにわにペトロネアのドレスの深い襟ぐりを掴んで、引き裂くように押し下げた。そのまましゅるしゅるとコルセットの紐(ひも)を解き、白い乳房を露出させてしまう。

「あっ」

外気に当たったとたん、乳首がきゅうっと硬く凝り、いやらしく赤く色づくのがわかった。

「もうこんなに尖らせて——ここも、舐めてやろう」

ジークムントは硬くなった乳首を、啄ばむように咥え込んだ。

「んぁ、あ、は、はぁ……ぁ」

じんと甘い快感が先端から子宮の奥へ走り、媚肉がざわめく。

ジークムントは両手で豊かな乳房を包み込み、鋭敏になった乳首を左右交互に口に含み、濡れた舌先で転がしては、ちゅっちゅっと音を立てて吸い上げてきた。ぴりぴりした鋭い快感が次々襲ってきて、恥ずかしい鼻声が止められない。

「はぁ、あ、あぁ、あ、はぁ、あぁ、やぁ……」

媚肉がひくついて、つーんと奥が甘く痺れる。

「く、ふぅ、は、はぁ、や、だめ……」

執拗に乳首を攻められて、どうしようもない官能の飢えが高まってしまう。秘裂の奥が焦れて疼いて、もじもじ太腿を擦り合わせると、滲(にじ)み出(で)た愛液でぬるりと滑る感触がした。

「いいぞ、とてもよい反応だ。可愛いぞ、もっと感じろ」

ジークムントは体重をかけてきて、ペトロネアの身体をベッドの上に押し倒した。

そのまま腫れ上がった乳首を舌で舐め回し、片手でスカートを大きく腰まで捲り上げる。絹のストッキングに包まれたすんなりしたペトロネアの足を、さわさわと撫で上げた。

「は、あ、あぁ、あ、はぁ……ぁ」

じりじりと滑らかな指先が内腿を這い回り、ドロワーズの裂け目のあたりを行ったり来たりする。

花弁が触れて欲しくてひくつき、せつない疼きにペトロネアは苦しくなる。

「あ、あん、あぁ」

自然と腰をもじつかせ、彼の手を招き入れようとしてしまう。

それをわかっていて、ジークムントはドロワーズ越しに軽く核心部を突いては、離れていく。

「やぁん、や、こんなの……」

媚肉は痛みを伴うほど疼き上がり、きゅうきゅうせつなく収斂する。

「もうたまらないという顔だな――私の愛しい運命の乙女よ。お前の味は、変わってはいないのか？」

「え？」

と、思った瞬間、ジークムントは一気にペトロネアのドロワーズを引き下ろしてしまった。

ぷんと濃厚で甘酸っぱい香りが漂う。

花弁はすでに恥ずかしいほど濡れそぼっていた。

「ああ、もうとろとろだな」

ジークムントは嬉しげな声を出し、ペトロネアの膝に手をかけて大きく左右に開かせた。

「あ、や……っ」

身を引く間も無く、股間にジークムントの顔が潜り込み、柔らかな内腿の肌に口づけを落とす。

舌でねっとり舐め回し、時折薄い肌を強く吸い上げ、赤い花びらを散らしていく。ぞくりとする舌の感触と、ちりっと灼ける痛みが交互に襲ってきて、否応無く劣情が掻き立てられてしまう。

「ふ……ぁ、や、あぁ、ん」

恥ずかしいのに、両足は求めるように自ら大きく開いてしまう。

さんざん鼠蹊部を舐め回されて焦らされ、粘ついた蜜を溢れさせた花弁が、触れて欲しくてわなわな震えた。

「こんなに蜜を溢れさせて、欲しくてしかたないか？」

ジークムントがくぐもった声を出し、おもむろに割れ目に唇を押し付けてきた。

「はああっ」

疼きに疼いていた媚肉は、ぬるりとひと舐めされただけで、腰が浮き上がるほど感じ入ってしまう。

「んぅ、んんんぅ、はぁ、はぁああ、あぁあぁ、んんぅ」

ぴちゃぴちゃと猥雑な水音を立てて、ジークムントが秘裂を舐めしゃぶる。甘やかな快感に、ペトロネアは、はしたない嬌声を抑えることができなかった。

やがて、濡れた舌がぷっくり膨れて触れるのを待ち焦がれていた小さな突起に触れてくる。

「ああっ、あ、そこ……ぁ、あぁ、やぁ、あ、だめぇ、ふぁ、あ、あ、あぁ」

鋭い刺激と愉悦の波状攻撃に、もはやなすすべもなく甘くすすり泣くばかりだ。

甘い痺れに腰が蕩けてしまい、気持ちよすぎて辛くなる。秘玉を咥え込まれ舌で扱き上げられ続けると、放置された膣襞がうねうねと収縮して、ペトロネアを追い詰める。

「や、やぁ、そこ、だめ、もう、舐めちゃ……ぁ、あ、だめ、あぁ、いやぁ……」

ひくんひくんと媚肉が慄き、悦くて辛くて、我を忘れてしまう。

ジークムントは顔をわずかに上げ、悩ましい吐息を秘所に吹きかけながら、掠れた声を出す。

「お前は何も変わってはいない。感じやすく、恥ずかしがり屋で、でもいやらしい。素直で可愛い身体の持ち主だ」

彼の長い指が、ぬくりと綻んだ媚肉に突き入れられ、ゆっくりと奥へ挿入される。

「あ、ん、指……あ、あぁ、そこ、あ……ぁ」

ペトロネアの感じやすい箇所を熟知している指先は、その部分を優しく押し上げ、擽ってくる。

「ぁ、あ、いや、もう、あ、あぁ、もうっ……っ」

すぐに達しそうになり、ペトロネアは顔を真っ赤に染めて、恥じらって目をぎゅっと瞑る。

挿入された指がぴたりと止まり、ジークムントが身を起こす。

「愛している、ペトロネア。愛させてくれ」

ひそやかな衣擦れの音がした。

「あぁ……ジークムント様……どうか、私を、愛して……ください」

淫らな期待に、子宮の奥が強く蠢動した。

ジークムントがゆったりと覆いかぶさってくる。

「私の運命の乙女――」

すでに硬く滾り切っている切っ先が、熟れた花弁に押し当てられる。

「あっ、あ」

傘の開いた先端がぐぐっと狭い入り口をくぐり抜けると、太い肉胴は濡れ果てた蜜壺の中へずずっと滑り込んでくる。

「あ、あぁ、あ、挿入って、くる、あ、あぁあ」

満たされた悦びで、息が止まりそうだ。

ぐぐっと根元まで収めると、ジークムントは深い息を吐いた。そのまま、内部の感触を味わうようにしばらく動かない。

「何も変わっていない。熱く強く私を締め付けてくる。極上の気持ちよさだ、ペトロネア」

「あぁ……ジークムント様」

思わず両手でジークムントの首を抱きしめた。

動かなくても、自分の内壁がうごめいて、男根を断続的に締め付けては、快感を得ようとしてしまう。恥ずかしいのに、欲しくて欲しくて止められない。

「愛している、ペトロネア」

ジークムントは漲る肉楔をゆっくりと引き抜き、再び最奥まで突き入れる動きを開始する。

「ひぁ、あ、奥……あ、あぁ、当たる……あぁっ」

突き上げられるたびに目も眩むような快感が弾け、ペトロネアは弓なりに仰け反って、猥りがましい声を上げ続ける。

初めこそゆったりと動いていたジークムントだが、劣情に煽られたのか、次第に腰の動きが速まってくる。

「く――いい、お前の中が私を包み込む。こんな快楽があろうか。こんな幸福があろうか」

乱れた息と共に、情欲に掠れた声でささやかれ、それがさらに刺激になって、ペトロネアはどうしようもない快感にびくびく腰を震わせた。

「あ、あぁ、私も、気持ちいい、よくて……あぁ、たまらない……っ」

太い肉棹の根元が、鋭敏な秘玉を擦り上げて、硬い先端が子宮口の少し手前のあられもなく乱れてしまう箇所をぐりぐり抉ってくると、目も眩むような多幸感に包まれた。

何も変わらない。

めくるめく心地よさはそのままに、さらに快感は純化されたように熱く激しい。

「あ、あぁ、はぁ、すごい、あぁ、すごい、あぁ、も、あぁ、もうっ……」

激しく揺さぶられ、思わず両足をジークムントの腰に絡み付け、さらに密着度を強める。

もっとひとつになって。

同じ快感の頂点を目指して。

オメガもアルファもなく、ここには愛する男と女がいるだけだ。

「はぁ、は、はぁ、ジークムント様、あ、もう、私、達く、達ってしまう……」

「ああペトロネア、わかっている、一緒に達こう、一緒に」

「はぁっ、んんぅ、あ、もっと、あぁ、もっと、来て、ジークムント様っ」

「ペトロネア、ペトロネア、もっとか、こうか？　もっとか？」

ジークムントはペトロネアの片足を抱え込むと、さらに結合を深め、滾る肉棒でぐちゅぬちゅと愛液を弾かせて、強く揺さぶっていく。

「んんんぅ、ん、あ、はぁ、は、あ、もう、もう……っ」

最奥から溢れ出す媚悦で、脳髄まで蕩けてしまいそうだ。意識が真っ白に染まっていく。

「お――出すぞ、もう、出す、ペトロネア、ペトロネア」

くるおしく名前を呼びながら、ジークムントが大きく身震いした。

「あ、あぁ、あああぁあぁぁっ」

ひときわ甲高い嬌声を上げ、ペトロネアが最後の絶頂に辿り着いた瞬間、

「――愛してる――っ」

力強い愛の言葉と共に、ジークムントは熱い飛沫をどくどくとペトロネアの最奥へ注ぎ込んだ。

最終章

——その後。

逮捕されて取り調べられたホーカン公爵とタマラ元議員長は、すべてを自白した。

庶子の生まれのジークムントが皇帝の座に就いてから、ずっとホーカン公爵は妬ましく思っていた。せめて、自分の娘のアニタを正妃に選ばせようと画策したのに、ジークムントは予想外の娘を選んだ。

ホーカン公爵のジークムントへの憎悪が膨れ上がったのはその時からだ。彼はペトロネアだけではなく、ジークムント自身も葬り去ろうと奸計を巡らせたのだった。

ホーカン公爵は皇帝家の血族であるという身分もあり、地位や財産はそのままに、国外追放となった。

そこには、ホーカン公爵の家族を思い遣るジークムントの意思も働いていた。

進歩的なリリェバリ公爵が議員長となった貴族議会は、ジークムントとペトロネアの婚姻を承認した。

晴れて二人は正式に結婚できることとなったのである。

「皇妃様、ウエストはもう少し詰めた方がいいでしょうかね？」

「そうね、あと一センチ詰めてもらえるかしら」

新年が明け、小春日和の二月のある午後、ペトロネアはメリッサにウェディングドレスの仮縫いに立ち会ってもらっていた。

皇帝家御用達の仕立て屋が仕立てたウェディングドレスは、この上なく華麗で豪華なものだったが、細かい手直しは、ペトロネアの方ですることにしたのだ。

自分でもドレスに手を加えることで、いっそう結婚への実感を感じたかった。

仮縫いが終わり、化粧室で着替えをしている時だ。

部屋の扉を軽く叩いて、ジークムントが声を掛けてきた。

「ペトロネア、お前に客人だ。私の私室の応接室で待っているので、来てくれるか？」

「お客様？　わかりました、すぐ行きます」

なぜ自分への客人が、ジークムントの部屋にいるのか少し首を傾けたが、それ以上は考えず、手早く身支度した。

「お待たせしました」

程なくして、ジークムントの私室の応接室へ赴くと、侍従ではなくジークムント自身が扉を開けて招き入れた。

「忙しい時にすまないね。さあ、入って」

手を取られて応接室に足を踏み入れたペトロネアは、あっと声を上げた。

ソファにかしこまって座っていたのは、ヨーランだった。

「ヨーラン……！」

懐かしさと愛情に胸がいっぱいになったが、同時に気後れして立ち止まってしまった。

ヨーランはさっと立ち上がると、頬を染めて顔をうつ向けながら言う。

「姉上――ご無沙汰しています」

挨拶をしてくれたことで、ペトロネアはほっとして、ヨーランに駆け寄ってぎゅっと抱きしめる。

「ああ、元気そうで！　最後に会った時より、また背が伸びたみたいね。ちゃんと食事はしている？　勉強に励んでいる？　進級はできるの？」

立て続けに言葉が飛び出す。

「ペトロネア――取り敢えず、座りなさい」

傍からジークムントが促して、ハッと我に返った。

慌てて身を離し、ヨーランにソファを勧めた。

「ご、ごめんなさい、あんまり嬉しくて」

「いいえ、姉上」

ペトロネアはヨーランの向かいのソファに腰を下ろし、万感の思いで彼を見つめる。

ジークムントは二人を気遣ってか、ソファの横の大理石の暖炉に凭れるようにして立っている。ヨーランはしばらく顔を赤くしてうつむいていたが、おもむろに顔を上げ、ひと言ひと言、噛みしめるように言った。

「姉上——僕は、お詫びせねばなりません。あの時の僕は、怒りのままに、姉上に暴言ばかりを吐いてしまった。さぞやお心を痛めたことでしょう」

以前の優しく誠実な態度に戻っているヨーランに、ペトロネアは涙が溢れそうになる。

「いいえ、いいえ、いいの。あなたがこうして来てくれただけで、もう、充分だわ」

「姉上——」

姉弟は、声もなく情を込めて見つめ合う。

やがてヨーランは、意を決したように話し始める。

「今日、ここへ招かれたのは、皇帝陛下の思し召しです」

「ジークムントの？」

思わずジークムントに顔を向けると、彼は静かにうなずいた。

ヨーランは言葉を紡ぐ。

「去年、僕は姉上に決別を告げると、姉上を貶めるような訴状を書いて、皇帝陛下やその身内の人に送りつけました」

やはりあの匿名の手紙はヨーランの手によるものだったのだ。

ヨーランは恥じ入るように声を小さくする。

「それからしばらくして、私の元に陛下がやって来られたのです」

ペトロネアは驚いて目を丸くした。

「ジークムント様が？」

すると、その言葉の後を受けて、ジークムントが口を挟んだ。

「そうだ。私は手を尽くして、お前の過去を調べさせた。お前に弟がいることは聞いていたので、事実を確かめるために、一貴族に身をやつして、彼に会いに行ったんだ」

「そんなことが……」

ヨーランはさらに消え入るような声になる。

「陛下は——前皇帝のケルナー家に対する振る舞いを、全面的に謝罪なさったのです——」

深い感銘がペトロネアの胸に迫ってくる。

皇帝が謝罪するなんて——。

ヨーランの目に、涙が浮かんでくる。

「陛下はご自分の不遇な生い立ちをお話くださいました。苦しんでいたのは、僕たちだけではなかったのだと、思い知りました。また陛下は、いかに姉上を愛おしんでいるか、思いの丈を包み隠さず話してくださいました——そして、時がくれば、姉上と僕を和解させてくださるとおっしゃってくださった。僕は、自分の了見の狭さを今は恥じ入ります。この世でたった一人の姉上を苦しめて、申し訳ありませんでした」

ぽたりと膝の上に握りしめたヨーランの拳に、涙が滴り落ちる。

ペトロネアも胸がいっぱいになるが、素早く自分のハンカチを取り出すと、ヨーランに頬を伝う涙を拭ってやった。

「もういいの、もういいの。わだかまりが解けたのなら、もうそれでいいわ」

「あ、姉上――」

ペトロネアは、昔もよくこうやって、泣きじゃくる幼い弟の涙を拭いてやったことをしみじみ思い出していた。

と、暖炉のそばにいたジークムントが、つかつかと近づいてくる。

「ヨーラン・アウグストン殿」

名前を呼ばれ、ヨーランは慌てて立ち上がった。

「はっ」

「再調査の結果、ケルナー伯爵の反逆罪は冤罪(えんざい)であると判明した。よって、ここに――」

ジークムントは上着の懐から、一葉の書類を取り出し、差し出した。

「ケルナー伯爵家の爵位を復活させ、正式な長子であるあなたに、ケルナー伯爵の地位を授けたいと思う。これが爵位の証明書だ」

「えっ――」

「まあ!」

ヨーランだけではなく、ペトロネアも言葉を失った。

ジークムントは白い歯を見せた。

「こんなもので、亡き父上の贖罪になるとは思わないが、まずは爵位を復活させ、取り上げた財産もすべてお返ししよう」

ヨーランは震える手で書類を受け取った。

彼はまじまじと書類を見つめ、つぶやく。

「ヨーラン・ケルナー伯爵――」

ペトロネアは嗚咽を抑えながら、そっと立ち上がって背後からヨーランを抱きしめた。

「ああよかった！ よかったわ！ ヨーラン、あなたの積年の夢が叶ったのよ！ ケルナー伯爵家が蘇ったのね！」

ヨーランはやにわにその場に跪き、ジークムントに最敬礼して涙声で言った。

「拝命しました。か、感謝します。このご恩は一生忘れません！」

ジークムントは爽やかに笑う。

「恩などではない。正当なあなたたちの権利だ。君は、まだまだ若い。今後も精進して、この国を導くような人物になってくれ」

ヨーランは何度も深くうなずいた。

「御意！」

ペトロネアは嬉し涙をほろほろ零しながら、ジークムントを気持ちを込めて見つめた。

彼も穏やかな眼差しで見返してくれた。

ヨーランが辞去した後、二人は皇城の中庭を腕を組んでそぞろ歩いていた。

まだ空気は冷たいが、日差しの柔らかさにいずれ来る春の気配を感じる。

ジークムントは晴天の空を見上げ、晴れ晴れと口元を綻ばす。

「春には結婚式だな。国を挙げての、一大行事になるぞ」

ペトロネアも同じように空を仰ぎ、幸せなため息を漏らす。

「なんだか、今までのことが夢のよう。目が覚めたら、以前の侍女部屋にいるんじゃないかしら」

ジークムントが強い口調で言う。

「何を言う。今までもこれまでも、現実だ。お前と私が出会い、愛し合ったのは、まぎれもない現実だ」

ムッとして言い募るのが、少し少年ぽくて愛おしい。

「ふふ、そうですね。これからも、ずっと、あなたを愛して生きていきます」

「当然だ」

ジークムントはペトロネアを引き寄せ、額や頬にちゅっちゅっと口づけする。

「いい匂いだ。お前の甘い匂いは胸を熱くするな」

髪の毛に顔を埋め、ジークムントは深々と息を吸う。

擽ったくてペトロネアは身を竦めた。

「もうっ……オメガではないんですから、そんな香りはしませんよ」

「するのだから仕方ない。私が好きなのだから、問題ない」

ジークムントがむきになって、ペトロネアの梳き流した金髪を手で掬い上げて、あらわにしたうなじにも口づける。

と、彼がひゅっと息を吸う音がした。

「お――？」

「？　どうしました？」

「これは――奇跡だ」

「え？」

ジークムントは中庭の噴水にまでペトロネアを連れて行くと、水盤にうなじを映させた。

「見ろ、これを」

「あっ？」

顔を捩って水盤を見ると、真っ白なうなじに、くっきりと赤い三日月模様の痣が浮かび出ていた。

ペトロネアは驚きと歓喜で、頭がごちゃごちゃになった。

「嘘……そんな、私はもうオメガではないはずなのに……！」

ジークムントがぎゅっと強く抱きしめてきた。

「神が私たちに奇跡を起こさせたのだ。やはりお前は、私の運命の乙女だ。間違いない」

「あ、ああ……ジークムント様……」

ペトロネアはジークムントの胸にしがみつき、泣き笑いして見上げた。

ジークムントはペトロネアの目尻に口づけし、涙を受けて、艶めいた声でささやく。

「実はな、お前の過去や身上を調べさせた時、お前の母方の祖先に、皇帝家ゆかりの人物がいたことがわかっていたのだ」

「それは――」

「おそらく、お前の母上もお前も、その祖先の血が強く出たのだろう。だから、皇帝は強く魅了されたのかもしれぬ。お前の愛の強さが、オメガの血を蘇らせたのかもしれないな」

「……そうだったのですか」

意外な事実に呆然としてしまうが、いろいろな思いが頭を駆け巡り、また涙が溢れてくる。

そんなペトロネアを、ジークムントはさらに強く抱きしめてきた。

「だがな、もうそんなことも、どうでもいいのだ。ただ、お前を愛している。それだけだ。愛している。お前は？」

ペトロネアも感謝と愛情を込め、心から答えた。

「はい、愛しています。あなただけを、永遠に愛しています。だって――」

ペトロネアはその時、はっきりと口にできた。

「あなたは、私の永遠の番なのですから」

あとがき

皆様、こんにちは！　すずね凜です。

今回の「永遠のつがい　その孤高なα皇帝はΩ姫を溺愛する」、お楽しみいただけたでしょうか？

「オメガバース」というのは、もともとBLの設定のひとつで、容姿端麗エリートα男性と、発情期があり女性のように妊娠可能なΩの男子が存在する世界です。この設定を、TL小説にアレンジしてみました。私なりの「オメガバース」世界です。

実は、もう本になりましたので暴露してしまいますが。このお話を書いている時に、私のミスで冒頭から百二十枚ほどを、消去してしまったんですね。今まで書いていたものが全部真っ白に。私の頭も真っ白に！　あちこち手を尽くしてみましたが、結局復活せず、百二十枚まるまるゼロから書き直ししました。いやあ、ほんと倍疲れました。なぜかこの時だけ、バックアップするのも失念してたし。魔が差したんでしょうね。

こんな私を励まして、完成までもっていかせてくれた編集さんに感謝です。

そして、美麗なイラストを描いてくださったCiel先生、ありがとうございます！

また次のロマンスでお会いできる日を楽しみにしています。

すずね凜

蜜猫 novels をお買い上げいただきありがとうございます。
この作品を読んでのご意見・ご感想をお聞かせください。
あて先は下記の通りです。

〒102-0072　東京都千代田区飯田橋 2-7-3
（株）竹書房　蜜猫 novels 編集部
すずね凜先生 /Ciel 先生

永遠のつがい
その孤高なα皇帝はΩ姫を溺愛する

2020 年 11 月 16 日　初版第 1 刷発行

著　者　すずね凜　
発行者　後藤明信
発行所　株式会社竹書房
〒102-0072 東京都千代田区飯田橋 2-7-3
電話　03（3264）1576（代表）
03（3234）6245（編集部）
デザイン　antenna
印刷所　中央精版印刷株式会社

Printed in JAPAN
ISBN978-4-8019-2450-5　C0093